社会万花筒之中国微小说系列丛书

属于儿子的八个烧饼

周海亮 著

中国书籍出版社
China Book Press

图书在版编目（CIP）数据

属于儿子的八个烧饼 / 周海亮著. —北京：中国书籍出版社，2016.10
ISBN 978-7-5068-5877-9

Ⅰ.①属… Ⅱ.①周… Ⅲ.①小小说－小说集－中国－当代 Ⅳ.①I247.82

中国版本图书馆CIP数据核字（2016）第246730号

属于儿子的八个烧饼

周海亮　著

丛书策划	尚东海　牛　超
责任编辑	王　淼
责任印制	孙马飞　马　芝
封面设计	东方美迪
出版发行	中国书籍出版社
地　　址	北京市丰台区三路居路97号（邮编：100073）
电　　话	（010）52257143（总编室）　（010）52257140（发行部）
电子邮箱	eo@chinabp.com.cn
经　　销	全国新华书店
印　　刷	北京一鑫印务有限责任公司
开　　本	787毫米×1092毫米　1/32
字　　数	210千字
印　　张	7.25
版　　次	2017年1月第1版　2017年1月第1次印刷
书　　号	ISBN 978-7-5068-5877-9
定　　价	21.80元

版权所有　翻印必究

总 序

《社会万花筒之中国微小说系列丛书》由中国当代一流微小说（即小小说）作家，一人一册的单行本组成。所选作品，均为作者本人从《读者》《青年文摘》《意林》《小小说选刊》《微型小说选刊》等畅销杂志选粹而来。作品体现了作家在灵光一闪中捕捉到的生存智慧、独特体验、深度发现和特殊情感，文章构思新颖、奇异、巧妙，表现手法敏锐、机智，具有很强的文学感染力和可读性。其中，部分作品被翻译到海外，还有作品入选了国内中小学语文阅读教材或中高考语文试卷。

微小说体量虽小，却可折射大千世界的方方面面，信息量不小；篇幅虽短，却具备小说的全部要素，追求在突变中展现人的尊严、生命的原色和人性的光辉，以风格的独异、思路的奇特和情节的突转，来给人出其不意的一击，于"山穷水尽""柳暗花明"的峰回路转中,凸显"洞庭一叶下,知是天下秋"的独特艺术效果。

从上世纪80年代中期开始,快节奏的现代生活,使读者在工作、学习之外的阅读呈"碎片化"状态,人们在艺术鉴赏中,越来越注意审美经济原则,即以最少的时间获得最多的收获,微小说这种文体,恰好满足了读者这种"碎片化"的阅读需要,从而催生了微小说的迅速发展。

微小说不仅受到普通读者的喜爱,更是受到青年尤其是中学生的青睐。因为通过这套"社会万花筒"丛书的小孔,涉世不深的青少年能够纵览古今、了解中外、开阔视野、丰富阅历、辨别善恶、启迪智慧、砥砺意志,提高社会适应能力和观察分析能力,还可以学到语言运用、结构组织的写作技巧。

伴随着中高考制度改革,中高考作文越来越注重考查学生的想象力、创造力和感悟力,更加鼓励学生关注社会、关注生活。近年来的中考、高考语文试卷基本都有"话题作文",而"话题作文"与微小说十分接近。2000年,陕西一高考考生的作文《豆角月亮》获满分,被曝属抄袭《小小说选刊》的微小说《弯弯的月亮》;2001年,南京高考考生蒋昕捷的《赤兔之死》获得高分,被转发于《微型小说选刊》。

本套丛书作者周海亮的《父亲的秘密》,入选了2008年福建省福州市初中毕业试题和中专学校招生考试试题,《诊》入选了同年度青岛中考试题,《父亲的游戏》入选了

2009年北京朝阳区高三第二次统一练习语文试卷,《战地医院》入选了安徽省合肥市高校附中2009年高三联考语文试题;本套丛书作者尹全生的《朋友,您到过黄河吗》,入选了海南省2005年高考测试试题语文卷的阅读题,《最后的阳光》入选了广东省2007年高考能力测试题,《海葬》入选了广州市天河区四校2009届高三语文上学期联考模拟试卷语文试题的"文学类文本阅读题",《狼性》被更名为《即绝不回头》,入选了2013年南京市中考模式题,等等。

近年来各省市中高考的作文命题中,"话题作文"已成为主要类型。只要学生平时读一点微小说,熟悉这种文体,或者尝试写过这种文体,在中高考时就不会犯怵了。如果头脑中有那么一两个人物、一两个故事,稍稍构思、加工,得到基本分是有把握的。

由此可见,不仅中国读者需要微小说,中国教育特别是中学教育更需要微小说,它是学生受益、教师推荐、教育界推崇、家长放心的一种文体。

编 者

悲悯的能力（代序）

伍　泽

  我是先认识海亮，再认识他的书。

  认识他的时候觉得他有趣，不十分健谈，偶尔讲不太好笑的笑话，性格豪爽且不乏温柔。那次笔会我们一行二十多人，其中一个可爱的女孩是坐着轮椅来的，从她来的那天起，海亮自始至终全程陪护，我从没见他离开过女孩的轮椅。有时到一个景点大家一拥而上，只有海亮不离不弃。大家没心没肺地夸他，他听了会脸红，一脸红说话就着急，一急就词不达意，就有点小结巴，十分可爱。那时他给我的印象：外表豪爽内心羞涩，心思细腻，善良。

  回来后找出海亮的书来读，我记得那是秋天，我坐在书房那张大圈椅上从上午一直读到傍晚，半下昼的太阳自窗口斜射进来，如金色的静。只是一个下午，感觉上已经是迢迢经年。

  此后海亮的书渐渐占据了我书柜上的一格，他每一本书我都认真读：《刀马旦》《天上人间》《帘卷西风》《只要七日暖》《分钟与千年》《送你一度温暖》《太阳裙》《有一种债你必须偿还》《品格人生》等，海亮的文字不花哨，易读，易懂。很多作者一门心思让自己的文字显得高深晦涩，以此来显示其"才华"时，海亮的小说像极了一首江南小调里唱的：我有一段情呀，唱拨拉诸公听……在那些看似平淡的文字底下却可以体会到那份亦悲亦喜的惊涛骇浪，那悲天悯人的关怀，也有一种悲愤无奈，读来无不感同身受。

海亮写人间情感，《洗手间里的晚宴》《毛毛熊》《依靠》，都是人间世俗平实质朴的情感，却胜过无数英雄美人的情高义重。读后但觉浮花浪蕊皆尽，因他更真实，更用心，不染浮华气，亦没有文字上大声激烈的擂鼓动山川，只有更纯简且更端然的人。

他的《长凳》《九月九日自杀事件》《1912年的猪头》，读来却是欲哭无泪，无奈绝望。但他写的又无一不是现实生活里上演过的真实事件，因为有迹可循总是让人有尖锐的刺痛感。而他用平淡的文字道出，就像一个历经苦难的人面对面讲给你听他的所经历过的种种，他语气愈是平淡，你愈是悲伤难过，最后掩面大恸，因为你知道，在如此平淡的外表之下是他对生活的无奈和无助，这才是用心良苦，作家的悲悯之心。而悲悯是一种内心深处的能力，不是每个人都具有这种能力的。

每读一次他的新作都会忍不住给海亮打电话，我说：海亮，你是真正的作家。

在这个"作家"帽子可以拿来到处乱送的年代，我坚持不移的相信，不是每个写书的人都可以是作家。

一个真正的作家最重要的品质不是文字华丽，不是构思奇巧。而是如海亮这般，内心深处的善良、正直，对人类苦难有着悲悯之心的人。这些，是人本身的品质在文字里的延伸，所谓"文如其人"，是德行。

海亮的文心就像一首六朝时的《江南曲》：

采莲南塘秋，莲花过人头，低头弄莲子，莲子清如水，置莲怀袖中，莲心彻底红。

当许多人的目光在风姿绰约高高低低的莲花上注目凝视留连不舍时，海亮这样的作家是那个在一旁安坐着低头向下的人，目光温润，心如莲子。

伍泽，作家，电视节目主持人。

目 录

第一辑　洗手间里的晚宴

小山的骆驼　　　　　　　　　　　1
红加吉　　　　　　　　　　　　　6
上帝的恩赐　　　　　　　　　　　10
刀马旦　　　　　　　　　　　　　15
洗手间里的晚宴　　　　　　　　　18
娘在烙一张饼　　　　　　　　　　22
苏曼丽的刀　　　　　　　　　　　25
桃花乱　　　　　　　　　　　　　28
我真的闻到了花香　　　　　　　　32
十八相送　　　　　　　　　　　　35
江南好　　　　　　　　　　　　　39
毛毛熊　　　　　　　　　　　　　42

1

真有意思 46

第二辑　春天里

不太远的距离 49
茶　弈 53
轮　回 58
长　凳 62
巢 66
春天里 69
打　捞 72
蝗　灾 76
回　忆 80
假　的 84
镜　子 89
穿过正午的马车 93
剃　头 98
门　牙 102
一条狗两条狗三条狗 106

第三辑　沉默的子弹

沉默的子弹 110

大脚辫子	113
渡　河	117
愤怒的石头	121
你我之罪	125
监　狱	129
空　袭	133
亲爱的，特雷西	137
让子弹别飞	140
入侵者	144
世间决战	148
手，枪	152
血	157
烟　斗	160
战　友	163
战　壕	167

第四辑　山谷之城

请求支援	171
请求赦免	175
请求原谅	179
放龟记	183
赏花记	187

3

吉庆街	191
老来巷	195
伊河路	199
山谷之城	203
天空之城	207
水底之城	210
属于儿子的八个烧饼	213
良知和责任（创作谈）	216

小山的骆驼

小山喜欢骆驼，却不喜欢父亲。骆驼救了他，父亲却将他抛弃。八岁以后，小山只能在动物园里见到骆驼——灰色的无精打采的皮毛，一个或者两个软塌塌的驼峰，以及异常难闻的腥臭味。而小山对父亲的记忆，则仅仅停留在他八岁和八岁以前支离破碎的片断中。父亲在小山八岁那年离开了他。换句话说，父亲在小山八岁那年抛弃了他，还有他的母亲，父亲的妻子。

那时父亲和母亲已经分手，八岁的小山判给了母亲。这让父亲蹲在门口，抽了一夜的苦烟。第二天父亲和母亲商量，能不能带小山去玩一圈？小山说好，母亲说不行。父亲说，只是出去旅旅游……以前没机会……你就答应了吧。小山兴奋地说好啊好啊，母亲斩钉截铁地说不行不行。父亲的目光就黯淡下来。他转过身，来到院口，蹲下不动，头顶升起一个又一个巨大的灰色烟圈。父亲在那里蹲了很久，像一尊逼真的远古泥塑。后来母亲给他端去一杯水,父亲却没有伸手去接。母亲说你哭什么呢……你别哭了行不行……好——吧!

就这样,父亲带着小山出了门。那是父亲留给小山的最后回忆。母亲和父亲,父亲和小山,小山和骆驼,在那个夏天,毫无章法地纠缠。后来他们被硬生生剥离,小山回到现实。回到现实的小山无奈地发现,他的世界里,只剩下自己和母亲。

父亲先带小山去了郑州。他们在那里待了两天,喝掉六碗胡辣汤。然后他们去了青岛,在那里,小山第一次看见大海。看大海的时候,小山突然说我还想看沙漠。父亲说看沙漠,我们得去新疆。小山说那我们就去新疆。八岁的小山认为新疆很近,穿过一条马路就是。父亲说那我们不回去了,你永远跟着我。小山说,好。父亲说我们也不要妈妈了,我们不让她知道,好不好?小山想了想,说,好。为了看到沙漠,年幼的小山学会了不露痕迹的撒谎。他看到父亲高兴地笑了。父亲摸摸他的头,说,好儿子。

父亲带着小山来到乌鲁木齐。父亲并没有着急带他去看沙漠,而是一个个居民区乱转。小山说不是要看沙漠吗?父亲说,我们先住下。八岁的小山并不理解这句话的真正含义。他说我不要住下,我要看沙漠。父亲说听话,先住下,再看沙漠。小山说先看沙漠。父亲说信不信我揍你?小山说你没有权利揍我。我被判给了妈妈,你以为我不知道?父亲急了,一巴掌拍下,小山号啕大哭。他说我要回家,我不看

属于儿子的八个烧饼

沙漠了,我不要你了,我要妈妈。父亲的眼睛突然黯淡,有了绝望的表情。仿佛长久的努力顷刻化为泡影,小山再一次看到升腾着灰色烟圈的泥塑。

多年后小山一直坚信,正是他的最后一句话,让父亲下定抛弃他的决心。父亲得不到小山,就要抛弃他。离婚是一回事,抛弃是另一回事。父亲和母亲的分手,只是一种形式的终止;而抛弃,却是彻头彻尾的终止,本质的终止。

父亲和小山在某个凌晨登上一趟列车,奔向沙漠。父亲在列车上不停地向别人请教,他对沙漠的所有知识,都是在列车上的几个小时恶补的。他匆匆买了指南针、水壶、干粮,然后带着小山,踏进无边的黄沙。他们很快迷了路。他们看见十二个太阳。骆驼刺和仙人掌告诉他们,这是真正的大漠深处。他们顺着指南针所指的怪异方向,胡乱地走。他们争抢着水壶里的水,胜利者总是小山。后来小山喝掉最后一滴水。他的嘴唇上裂开口子,淌着鲜血。小山说爸爸我要晕过去了。父亲说再坚持一会儿,就快走出沙漠了。

……

父亲牵着他的手,说驼队来了。小山果真看到远处走来一队骆驼。骆驼们有着金色的皮毛,迈着优雅的步子。驼队慢慢走向他们,终于来到近前。领头的骆驼跪下,一个汉子翻身下来。他的脸膛像烈焰般红,头发像烈焰般飞舞。他和父亲轻轻交谈,露出轻松愉快的微笑。他喊来一头骆驼,骆驼跪倒在小山面前。父亲把小山抱上驼背。父亲说,回家啰!小山揪住骆驼的皮毛。那是很温暖的皮毛,散发出炙烈

3

的芳香。那是驼队里最漂亮的一头骆驼,健硕并且修长。随后父亲骑上一头骆驼,他说小山,坐稳了别动……我开始给你讲故事了……

　　小山忘记了故事的内容。父亲的故事断断续续,像沙漠里随风摇摆的驼铃。小山听着故事,睡着了。后来他再一次听到父亲的声音,父亲说,到了。小山醒来,看到夜色里成排的胡杨林。他坐在骆驼背上,像一名凯旋的将军。迷迷糊糊的小山再一次睡去。再次醒来,父亲就不见了。他躺在一个陌生的地方,旁边坐着他的母亲。那天小山喝了很多水,他认为这些水可以灌满一个池塘。后来他想起父亲,他问,爸爸呢?母亲说,他跟着驼队走了。咬牙切齿、刻骨铭心的表情。小山说他不要我们了?母亲说,是……骆驼救了你。你要感谢骆驼。

　　小山记住了母亲的话。他要感谢骆驼。他心里记恨他的父亲。他认为母亲并不知道。在对他的抢夺战中,父亲处于完全的下风。处于下风的父亲于是走得无影无踪。他抛弃了从前的一切。以至于随着年龄的增长,小山竟一点点忘记了父亲的样子。

　　每个星期天,小山都要去动物园看骆驼。骆驼漠然地盯着他,似乎他们之间,并没有丝毫的联系。那天小山突然接到一个电话。电话是妻子打来的。妻子说,妈要走了。

　　小山赶到医院,母亲正在等他。母亲吝啬地节约着每一口气息,将她的生命顽强地抻长。母亲看到他,艰难地招手,喉咙里发出鸽子般咕咕的声音。小山坐到母亲旁边,低

属于儿子的八个烧饼

下身子。

母亲说小山,我要走了。

小山握了她的手。

母亲说小山,妈只有一个要求。

小山握着她的手,用了用力。

母亲说小山,我知道你记恨你爸。别再恨他了。那天,其实没有驼队,没有骆驼……是你爸,把你背出了沙漠……然后,他走了……

没有骆驼?小山想起抓在手里的温暖皮毛。那应该,是父亲浓密的头发吧?

我知道他走了。小山说,可是他抛弃了我们……

他没有抛弃我们。母亲努力扭动身子,嘴巴张得很大。他把你背出沙漠。他见到了我。他累死了……

……

小山整理母亲的遗物,在一个箱子的最底层,发现了父亲的照片。照片上的父亲英姿飒爽。年轻的父亲,并不像一头骆驼。

小山把父亲和母亲的相片小心地排到一起。那是年轻的父亲和苍老的母亲。然后他在相片旁边,摆上一尊泥塑的骆驼。

后来,小山给他的儿子,取学名,叫骆驼。

5

红加吉

加吉鱼，肉质细嫩，味道鲜美，极为名贵。由于其常为喜庆宴席上的佳肴，并有"一鱼两吃"的习惯，故称加吉鱼。其中，红加吉鱼尤为上品。

刘老汉吃过多少条红加吉了，肯定数不过来，却从来没有"一鱼两吃"。将鱼刮鳞开膛，洗净，扔锅里，撒盐，咕咚咕咚烧一阵，盛盘上桌，吃净鱼肉，完事。鱼头喂猫。一鱼两吃？鱼头还要熬汤？扯淡。这世上，没有刘老汉觉得名贵的鱼。

刘老汉是位渔民。

刘老汉年轻时，有自己的船。每次出海归来，刀鱼、青鱼、黄花鱼堆满满舱。并且，他总有办法弄回一两条红加吉。红加吉不卖，只自家人吃，天天吃顿顿吃，直吃得刘老汉的儿子刘葵见了红加吉就哭。后来他的船归了集体，他和十几个人上了一条更大的渔船。可是刘老汉仍然能够弄到红

属于儿子的八个烧饼

加吉,不多,就一两条。船上的规矩,弄到红加吉,不超过三条,自己拿回家就是。这规矩怎么来的,没人知道。

刘老汉家的红加吉,还是天天吃顿顿吃。那时刘葵长大了些,见了红加吉不再哭,却是皱眉撇嘴,好像与此等鱼中极品结下深仇大恨。这时他的脑袋上必挨娘的一个凿粟。娘说,不识好东西吗?吃鱼!

所以刘葵进城后,很长一段时间,对鱼市毫无兴趣。直到有一天,在路边,一位鱼贩子扯开嗓子自豪地嚷,红加吉啊红加吉啊!他顺嘴问一下价格,竟差点吓得摔倒。做梦都没有想到,这种令他恨之入骨的鱼,竟能卖到三十多块钱一斤!

回老家,跟刘老汉说这事,刘老汉并未表现出半点惊讶。刘老汉说,这鱼以前也不便宜啊。

刘老汉那时已经老了,不能再出海。更多时他坐在渔家小院,浇浇花,吼两句杨延昭的"见老娘施一礼躬身下拜",老伴就在旁边接一句佘老太君的"不消"。两位老人哈哈大笑。那时老伴身体还好。不管刘老汉还是刘葵,都想不到她会走得那样突然。

去年春天的一个黄昏,她在门口喂鸡,忽然跌了一跤,等送到医院,人早已断气。刘老汉哭了一天一夜,鼻涕和眼泪在胸前扯成了网。哭过后,就跟着刘葵进了城。他几乎不出门,只是把自己闷在屋里,唱"见老娘施一礼躬身下拜",却没人接那句"不消",刘老汉就开始叹气,一声接一声,让刘葵也跟着抹眼泪。刘葵说爹,您出去走走吧,去

7

海边转转。刘老汉说转什么呢？在海上漂一辈子，又不能打渔了，转什么呢？

刘葵想不到刘老汉会突然对红加吉产生兴趣。

那天刘老汉问刘葵，现在红加吉多少钱一斤？刘葵说前几年三十多块，现在不清楚，得五十吧。刘老汉说你下班经过鱼市时，顺便买一条回来。刘葵说好。刘葵想人老了，有时像个孩子，以前打鱼那阵子，不是也不喜欢吃么？何况又那么贵。

他去了鱼市，从东头走到西头，又从南头走到北头，他摸遍每一个摊子，就是找不到红加吉。他又去了超市看，仍然不见红加吉。他问别人，现在不正是吃红加吉的时候吗？别人告诉他，是时候，不过这玩意儿现在奇缺，想吃，只能去大酒店。刘葵说我不想去大酒店吃鱼，我只想买一条新鲜的红加吉鱼。那人就笑了。他说买红加吉？去鱼码头吧！运气好的话，或许能碰到一两条。

刘葵没去鱼码头。他空着两手回家。他没跟刘老汉解释，刘老汉也没问。不过他还是从刘老汉的眼里读出了深深的失望。刘葵想至于吗？不就一条红加吉？

第二天下班，刘葵去了一家酒店，找到领班。他问有红加吉吗？领班说吃红加吉不用找我，直接点菜就行。他说到底有没有？领班说当然有。他问多少钱一盘？领班说，二百六。他说那我只买一条活的，一百三行不行？领班说你来酒店买活鱼？你能去澡堂子买拖鞋吗？你能去公安局买手枪吗？刘葵说我没工夫跟你开玩笑……到底行不

属于儿子的八个烧饼

行？领班说当然不行。刘葵说那这样，我点一盘红加吉，不过别下锅，从水箱捞出活红加吉，盛盘子里端给我就行。领班说不行，没这个规矩。刘葵说求您了，我就想买一条红加吉，最好是活的。领班说这可是不行的。刘葵说真不行吗？把你们经理找来。领班说经理不在……好吧，就破个例。受不了你。

刘葵搭了出租车，可是回到家，鱼还是死了。他问儿子，爷爷呢？儿子说，去海边了。刘葵说他不是不喜欢去海边吗？都这么晚了，他去海边干吗？

刘葵看到父亲坐在海边默默地抽烟。刘葵说爹，你要我买的红加吉，我买回来了。刘老汉看看儿子，他说今天用不着了。刘葵说怎么用不着了？不是你让我买吗？刘老汉说我是让你昨天买……昨天，才是你娘的祭日。

刘葵脑袋嗡一声响，身体晃了晃。他恨不得狠狠抽自己两记耳光。他看到父亲紧闭着双眼，似乎要阻止自己的眼泪。于是他想安慰一下父亲。他说爹，娘吃一辈子红加吉了，恐怕她对红加吉，不会有太多兴趣了。

刘老汉的眼泪，终于肆意奔腾。他盯着刘葵，一字一顿地说，可是你娘看到饭桌上没有红加吉，她会为咱爷俩伤心的啊！

上帝的恩赐

荒岛上的土著部落，已经与世隔绝了几百年。

某一天，一个土著在海边捡到一个瓶子。普通的酒瓶，已经漂了很远的地方。土著把它捡起来，靠近自己的眼睛，世界变成一片模糊的淡蓝；他把它放到嘴边，吹一口气，瓶子发出短促且怪异的低吟；他把它迎向太阳，地上出现一个很亮很圆的小白点，烤死了一只行色匆匆的蚂蚁。

土著想，这是什么呢？

他不认识瓶子。便把瓶子拿给酋长看，酋长也不认识。但酋长认为这肯定是一个好东西，可以装水，看淡蓝的景物，可以烤死蚂蚁，吹出节奏简单的音乐。特别是瓶子的晶莹透明，瓶子水滴似的小巧造型，立刻让酋长爱不释手。于是酋长用两串贝壳和一个姑娘，跟这个土著完成了交易。

从此，酋长无论吃饭、睡觉、打猎、祭祀，都是瓶不离手。瓶子仿佛成为酋长的代表，酋长就是瓶子，瓶子就是酋

属于儿子的八个烧饼

长。他从不让别人摸瓶子一下，甚至多看一眼也不行。他的举动无疑增加了这只瓶子的神秘。

有一次酋长在丛林中遇到一条巨蟒，巨蟒将酋长缠得很紧，长长的信子拍打着酋长的脸。酋长慌乱之中拿出瓶子在巨蟒的眼前轻轻一晃，巨蟒竟然松开酋长，逃走了。

这次的蛇口脱险，让酋长认为，这只瓶子肯定具有一种非凡的神力。

恰逢那几年海岛上风调雨顺，没有发生任何灾难。不仅野果结得满岛都是，连野兽们也仿佛变得温顺。酋长便指着瓶子说，都是因为这个宝物啊！无疑，这是"上帝的恩赐"。

他不再随身携带这个瓶子，而是把瓶子供奉在一个隐秘的山洞里，派人日夜看守。他说这是"上帝的恩赐"啊！这是"镇岛之宝"啊！从此后，它在岛在，它亡岛亡！

久了，岛上的土著们，也就相信了他的话。

一个普通的瓶子，非常自然地，成为岛上居民的图腾。

后来德高望重的酋长死去，新的酋长和他的子民们仍然继续对这个普通瓶子的顶礼膜拜。一任任的酋长死去，一代代的土著相传，瓶的地位便日益攀升。很多年过去，人们不再记得这不过是海上漂来的一个物什，而是觉得，这宝物与海岛同龄，是上帝在创造这座海岛时，恩赐于他们的。

终于有那么一天，海上漂来一艘大船。船上的人拿着高倍的望远镜，抽着长长的雪茄，提着乌亮的长枪，操着高傲的表情走上了这座海岛。本来他们只想在这岛上休息几天，但他们马上喜欢上了这个海岛。因为岛上不仅有成片的橡胶林，甚至还有人发现了钻石。船上的人欣喜若狂，在商量了半天后，他们决定把这个海岛据为己有。

他们用手语与海岛上的土著进行着艰难的交流，他们命令土著们离开海岛，或者成为他们的奴隶。当然，如此蛮横无理的要求当场遭到了土著们的拒绝，于是战争开始了。

土著们的作战工具是弓箭和磨了钝尖的木棍，船上人的作战工具是高倍望远镜和射杀力极强的长枪，所以这根本不是战争，而是屠杀。船上的人只用了一天时间，就基本控制了整个海岛。晚上他们把船泊在距海岛不远的海域附近庆功，他们甚至打开了很多香槟酒，喝得大醉。因为他们知道，明天，只需一个上午，他们就会彻底控制整个海岛。

土著们聚在山洞里，听着酋长的祷告。这是那个供奉着"镇岛之宝"的隐秘山洞，也是土著居民的最后一道防线。酋长虔诚地望着那个瓶子，口中念念有词。突然他转过身，狠狠地说，我们一定要把这群野兽赶走！他指着那个瓶子，他说这是"上帝的恩赐"，他会帮助和保佑我们赶走入侵者的！我们要为岛而战！我们要为"上帝的恩赐"而战！然后他对一直站在身后的四十名精壮的年轻人说，准备好了吗？出发！

四十名年轻人，相当于海岛的"皇家护卫队"，他们有着非凡的作战能力。他们裸着上身，脸上抹着怪异的油彩。他们的箭头上淬了剧毒，耳朵和鼻子上挂着华丽的骨环。他们身体强壮，行动敏捷，树上水下，如履平川。他们更不怕死。假如海岛最终失去，或者他们成为奴隶，那么，他们活着还有什么意义呢？

他们打算利用船上人在夜间的疏忽，进行偷袭。他们想夺下他们的枪和望远镜扔进大海，然后把他们杀得精光。假如行动成功，那么，他们将是战争的最终胜利者。

事实上，一百年前，同样的偷袭，曾成功地上演过一次。

借着夜色，他们跳进海里，从水下悄悄靠近了大船。他们一个接一个地爬上了船，奇怪的是，船上的人，竟然浑然不知。

船上人做梦都想不到土著人会来。此时，他们正聚集在某一间屋子里，对酒当歌。

这是绝好的进攻机会。

酋长带领着他的四十名战士摸到了门外，他摆摆手，四十名战士立刻做好了攻击的准备。然后酋长把门轻轻推开一条缝，他向里面看了一眼，又急忙摆摆手，四十名战士便蹲下来；他再看一眼，再一次摆摆手，四十名战士便撤退了。

那时酋长的眼睛里，竟然充满了无边的恐惧和敬畏。

同来时一样，他们静悄悄地撤走。船上没一个人知道他们曾经来过。船上人更不会知道，他们曾经距离死亡，只差分毫。

其实酋长只需叫一声，船上人就将全军覆没。这不用怀疑。

然而酋长却是带着他的四十名战士，逃回了那个山洞。慌慌张张，似乎已经大败。

他的举动，令他的战士，更令等在山洞里的土著居民，大为不解。

　　酋长盯着那个瓶子，仍然是虔诚的表情和语气，他说，这是我们的"镇岛之宝"，这是"上帝的恩赐"。但现在，这恩赐已经救不了我们。以后，我们只能做他们的奴仆。

　　酋长说，我看到，他们正围坐在一起唱歌，每个人的手中，都有一个"上帝的恩赐"。

　　酋长说，上帝是不会胡乱恩赐的。那么很明显，他们就是上帝。

刀马旦

刀马旦腰身舞动，婀娜可人。花枪抖开了，啪啪啪，耍得人眼花缭乱，过瘾，透着舒坦。

刀马旦半年前调到省城，很快成了剧团名角儿。舞台上刀马旦魅力四射，舞台下，却是沉默寡言。她不主动找人说话，你问她话，也是爱理不理，心不在焉。这让常和她演对手戏的那个武生，心痒得很。

下了班，武生对她说，回家？她说，回家。武生说，一起喝茶？她说，谢谢。武生说，只是喝杯茶。去还是不去？她说，不了，谢谢。人已经飘出很远。武生盯着她的背影，恨得牙根直痒。第十三次碰壁，窝囊！

武生不是那种蛮不讲理的人。舞台下，他是一位绅士。他恰到好处地掩饰着自己的感情，除了请她喝茶，他不给她施加任何压力。他知道刀马旦的婚姻并不幸福。他听别人讲过。他还知道刀马旦的丈夫曾经试图结束他们的婚姻。他只知道这些。他不知道为什么。没有人告诉他。甚至，没有人认识刀马旦的丈夫。

武生三十二岁。他认为，他终于找到了自己的爱情。他可以等，哪怕天长地久。

有几次，武生感觉舞台上的刀马旦，非常疲惫。他把大刀劈下去，刀马旦拿枪一迎，却并不到位。有一次，武生的大刀，险些劈中刀马旦的脑袋。

武生问她，没事吧？她说，没事。武生说，一起喝杯茶？她说，谢谢，以后吧。人已经飘出很远。武生摇摇头。下次？那是什么时候？

剧团去外地演出，晚上，住在一个乡村旅店。累了一天，所有人睡得都香。夜里武生被一股浓重的焦煳味熏醒，他发现到处都是火光。武生和其他人拥挤着往外逃，场面混乱不堪。武生数着逃出来的人，突然大叫一声，再次冲向火海。他摸到刀马旦软绵绵的身子。他把她扛在肩上。他的头发上着了火。他摇摇晃晃地往外跑。他一边跑一边哭。人们头一次看见武生哭。人们惊叹一个男人，竟会有如此多的眼泪。

武生和刀马旦坐在茶馆喝茶。刀马旦说对不起。武生摸着自己被烧伤的脸，什么对不起？刀马旦说其实我什么都知道，可是不可能。武生说我可以等。刀马旦说等也不可能。武生说我抱抱你吧。刀马旦说好。武生就抱了她。武生说我吻吻你吧。刀马旦说不要。武生说我真的可以等。刀马旦说真的吗？武生说真的。刀马旦说，好。星期天，你来我家。

属于儿子的八个烧饼

武生敲刀马旦家的门。只敲一下,门就开了,像是等待很久。刀马旦披挂整齐,完全是演出时的行头。正愣着,刀马旦拉他进屋。于是武生看到一个男人。一个瘦骨嶙峋的男人,正躺在床上,歪了头,对着他笑。男人说原谅我不能给你倒茶,让玲儿帮你倒吧!刀马旦就给他倒一杯茶。男人指指自己,动不了,这身子!男人抱歉地笑,不能去捧玲儿的场,只好在家里看她演……可苦了玲儿了。男人的脸红了,有了腼腆害羞的样子,与瘦长的满是胡茬的轮廓,很不协调。

刀马旦开始舞动腰身,碎步迈得飘忽和稳当。花枪抖开了,啪啪啪,耍得眼花缭乱。录音机里传出锣鼓齐鸣的声音,小小的客厅,便仿佛涌进千军万马。刀马旦一个人指东打西,很快,那施着淡妆的脸,有了细小的汗。

武生两个空翻过去,和刀马旦并肩作战,试图击退并不存在的敌人。刀马旦朝他笑笑,不等了?武生说,不等了。刀马旦说,真的不等了?武生说,不等了。

男人鼓起掌来。那是他们最成功的一次演出。

他坐在地上,将盘子放上马桶盖。他盯着盘子里的香肠和面包,为自己唱起快乐的歌。

晚宴开始的时候,主人突然想起女佣的儿子。他去厨房问女佣,女佣说她也不知道,也许是跑出去玩了吧。主人看女佣躲闪着目光,就在房子里静静地寻找。终于他顺着歌声找到了洗手间里的男孩。那时男孩正将一块香肠放进嘴里。他愣住了,他问你躲在这里干什么?男孩说我是来这里参加晚宴的,现在我正在吃晚餐。他问你知道你是在什么地方吗?男孩说我当然知道,这是晚宴的主人单独为我准备的房间。他说是你妈妈这样告诉你的吧?男孩说是……其实不用妈妈说,我也知道。晚宴的主人一定会为我准备最好的房间。不过,男孩指了指盘子里的香肠,我希望能有个人陪我吃这些东西。

主人的鼻子有些发酸。用不着再问,他已经明白了眼前的一切。他默默走回餐桌前,对所有的客人说,对不起今天我不能陪你们共进晚餐了,我得陪一位特殊的客人。然后他从餐桌上端走两个盘子。他来到洗手间的门口,礼貌地敲门。得到男孩的允许后,他推开门,把两个盘子放到马桶盖上。他说这么好的房间,当然不能让你一个人独享……我们将一起共进晚餐。

那天他和男孩聊了很多。他让男孩坚信洗手间是整栋房子里最好的房间。他们在洗手间里吃了很多东西,唱了很多歌。不断有客人敲门进来,他们向主人和男孩问好,他们递给男孩美味的苹果汁和烤制金黄的鸡翅。他们露出夸张和羡慕的表情。后来他们干脆一起挤到这个小小的洗手间里，给男孩唱起了歌。每个人都很认真，没有一个人认为这是一场闹剧。

多年后男孩长大了。他有了自己的公司，有了带两个洗手间的房子。他步入上流社会，成为富人。每年他都要拿出很大一笔钱救助一些穷人，可是他从不举行捐赠仪式，更不让那些穷人知道他的名字。有朋友问及理由，他说，我始终记得多年前，有一天，有一位富人，有很多人，小心地维系了一个四岁男孩的自尊。

娘在烙一张饼

娘在烙一张饼。

面是头天晚上发好的,加了鸡蛋,加了糖,又加了蜂蜜。面不多,缩在盆底,娘将它们拍成光溜溜的面团。娘的黑发如瀑布般一泻而下,在家里,无人时,娘的黑发永远如瀑布般流淌。娘眉眼精致,嘴唇鲜艳,面色红润,手臂如同光洁的藕。娘将面团从瓦盆里捧出,小心翼翼地端着,看着,眼睛里,刮起湿润温暖的风。那时候还没有儿,那时的娘,刚刚嫁给了爹。面团柔软并且韧道,娘轻哼一首曲子,手脚麻利。娘不时抬头,瞅一眼窗外,窗外下起了小雨,淅淅沥沥,春意淋湿一切。想起爹,娘红了脸,额头渗出细密的汗,又在心里嗔怪一句,又哼起歌——那样强壮的男人,人前人后,尤如一头公牛。现在爹下地去了,娘要为他,烙出一张好饼。

擀面杖轻轻滚动,一张饼有了形状。那是椭圆形的饼,

属于儿子的八个烧饼

轮廓清晰圆润，散着蜂蜜和鸡蛋的香。娘想了想，又操起了筷子和剪刀，在饼面上压划出美丽的花纹。那些花纹错综复杂，像竹席、像梦境、像山野、像逝去或者未来的年月。娘的长发如瀑布般流淌，只是那瀑布之间，隐约可见几点闪亮。娘用袖口擦一把汗，娘对儿说，烧把火吧！……用软柴。软柴是烙饼最好的柴火：稻草、苞米衣，或者麦秸。灶火映红娘的脸膛，娘表情生动。娘盯着灶火，拍拍儿的光脑瓢，说，再软一点。火苗舔着锅底，外面大雨倾盆。夏天的雨说来就来，爹像一棵树，守着河，守着堤。全村的男人都在守堤，大雨里河堤摇摇晃晃，大雨里男人摇摇晃晃。大雨让娘有些不安，娘在锅底，细细地刷一层油。

娘把饼翻起，娘看到金黄的颜色。娘笑了，眼角和嘴角的细小皱纹随之扯动。娘嘱儿把火烧得再软一点，娘说，别让饼糊了花纹。说话时娘轻轻地咳，便抬手掩了嘴，娘的身体不再笔直。娘被饼烫了手，娘把手指躲到耳后，嘘嘘有声。娘说准是你爹又念叨我了……你爹念叨我，饼就烫了……火再软些。儿把头深深埋下，儿看到灶膛里跳跃的火苗。儿还看到他漂亮的皮鞋，漂亮的领带，漂亮的下巴和眼睛。这一切全因了娘——皮鞋与领带，下巴和眼睛，全因了娘。娘将饼再翻一个个儿，一张饼变得香气浓郁。娘说你爹一会儿就回来，我得为他烙一张好饼。秋天的果园果实累累，那是爹和娘的果园，娘说她在家里，就能闻到苹果的香。娘看一眼窗外，娘看到大雁、天空、落叶和风。

面是头天晚上就发好的，加了鸡蛋、糖、蜂蜜和唠叨。

娘说你爹最爱吃饼，一辈子都吃不够。娘说你爹的吃相，就像圈里的猪。娘抿起嘴笑，将饼翻一个个儿，饼即刻金黄诱人。娘掉光了牙齿，娘的牙齿，再不会属于娘。娘抬起手，随意抹一把，就抹出一脸皱纹。娘看一眼窗上的冰花，看一眼窗外的大雪，看一眼胡须浓密的儿，娘说天太冷，你爹冻坏了吧。娘不停地咳，不停地咳，娘轻轻跺着脚，动作迟缓并且僵硬。娘拿出饼，细细看；娘把饼翻过来，再细细看；再翻过来，再细细看。娘笑了，笑出满头银发。娘开始喘息，越加剧烈，为一张饼，娘耗尽所有气力。娘将饼捧进饭筐，说，给你爹送去吧！说完娘咳出一点血，红梅般落上衣襟。然后，娘坐上凳子，搓搓手，看儿恭恭敬敬将饼，摆放灵位之前。

娘在烙一张饼。娘一直在烙那张饼。

苏曼丽的刀

苏曼丽的刀，挂在客厅，挂在电视墙上。青铜的刀柄，青铜的刀鞘，古老复杂的纹饰，冷的色泽和光辉。推开刀柄，刀锋薄如蝉翼，寸寸寒光逼人。将一根头发靠近刀锋，吹一口气，发梢扫过寒光，却是完好无损——它不能够吹锋断发，我却感觉呼吸和目光被齐刷刷斩断。

苏曼丽告诉我，刀是以前的男朋友送的。以前的男朋友送她刀，当然是两断的意思。他们斩了乱麻，所以我进入了苏曼丽的生活。现在我是她的男朋友，可是那把刀，时时让我感到不快。

一把刀也可以是纪念品，还可以是警告。夜里我拥着苏曼丽，感觉刀锋从刀鞘里飞出。它打起唿哨划开黑暗，在我身边盘旋不止。白天我再一次对苏曼丽说，扔掉这把刀吧，或者送人。苏曼丽说你怕了？我说我怕。不过我怕的不是刀，而是你。苏曼丽说你是怕旧情复燃？我说差不多就是这个意思——有时候一把刀和一朵玫瑰，好像没有什么区别。苏曼丽就笑了，露出两只可爱的虎牙。她转身收拾行李，将衣服和牙具盒塞进一个鼓囊囊的大包。她将出差数日。她就像一只南征北战的天鹅。

苏曼丽将刀摘下，轻轻抚摸，又挂上墙。刀终于没有随她同行。它日日与我对视。

朋友过来喝酒。酒后，用那把刀开了西瓜。朋友对刀爱不释手，他把刀揣在怀里，试图带走。我说这是苏曼丽的刀。朋友说她人都归你了，一把刀子有什么？朋友说的有道理，不过我得请示一下苏曼丽。我给她打电话，关机；再打电话，还关机。夜已经很深，我去门口小超市买烟，待回来，已经不见了朋友和刀。我点燃一根烟，睡眼蒙眬。我想明天我一定得把刀子追回。刀是苏曼丽的，对她来说，那把刀代表了很多。苏曼丽只是我的女友，她并不完全属于我。当然，包括那把刀。

可是，那把刀却从此不见了。

朋友说他明明记得将刀揣在腰间，一路上用手抓着，怎么就不见了呢？我问他你打了出租车吧？朋友说是打了出租车，可是下车的时候，刀明明抓在手里……朋友努力回忆昨夜的情景，我却对刀子能够失而复得不抱任何希望。很显然，那时朋友的手里，也许仅仅抓着自己的腰带。

可是我怎么对苏曼丽解释呢？我怎么解释都没有用。她不会相信我的。她会以为是我故意扔掉她的刀子，连同她的过去。

属于儿子的八个烧饼

苏曼丽按时归来。她把行李丢在地板上，人坐在沙发里喝咖啡。她的目光扫过电视墙，愣一下，然后狠狠地盯住我的脸。我说，是被我扔掉了……我喝多了酒，去了海边，把刀当成石头扔进了大海。苏曼丽放下咖啡杯，低声说，我早知道你不会放过那把刀。

我把刀子当成了石头……

可是这怎么可能？

我喝多了酒……

你认为我会相信吗？

我想我和苏曼丽的故事也许要结束了。却只因为一把刀子。苏曼丽绝不肯原谅我。我知道，所有的女人都不会原谅同床共枕的是一位自私小气的男人。

苏曼丽盯着对面的电视墙，那上面空无一物。突然她转过身，靠紧我。她说，谢谢你下了决心。

她的话让我莫名其妙。我揽住她。

她又说，谢谢你让我下了决心。

我想我开始明白一些什么了。我把她揽得更紧。

苏曼丽开始抽泣。她告诉我，那其实是她的刀。她把它买来，挂在墙上，期待某一天送给从前的男友。她希望与他一刀两断，可是，她似乎总也下不了决心。

那么，现在呢？我问她。

苏曼丽擦一把眼泪，冲我笑笑。然后，她认真地说，我们结婚吧！

27

桃花乱

人间四月芳菲尽，山寺桃花始盛开。

这里没有山寺。这里只有桃源。

桃源只是村子，散落漫野桃花之间，就像浅红的宣纸上滴落的几点淡墨。姑娘低首垂眉，羞立于一片桃红之间，人面红比桃花。其时，一翩翩少年手提长衫，与姑娘相视而笑。少年说，又一年了。姑娘说，又是一年。少年说，你一点没变。姑娘说，你也是。少年说，一会儿，我就得走。姑娘说，知道。姑娘淡绿色的罗衫在微风中轻轻飘舞，缤纷的花瓣很快迷住她的眼睛。少年英俊魁梧、玉树临风，脸庞如同刀削，长衫好比旗帜。

这是他们第二次相约。第一次，也是这片桃林。少年持一把纸扇，对红吟诗，姑娘就笑了，忙拿手去掩，那手，却白皙得几近透明。乍暖还寒，怎用得上纸扇？少年装模作样，少年是装模作样的书生。

属于儿子的八个烧饼

就这样相识,就像崔护在长安南郊的那段往事。少年知道那段往事,他也希望给自己留下佳话。于是他为姑娘留下纸扇,又偷偷带走姑娘的芳心。

第二次相约,少年仍然一袭长衫,只是手中不见纸扇。正是日落时分,纷乱桃花之中,他与姑娘的脸,近在咫尺却又远在天涯。春意盎然,到处都是踏青的行人,阳光如同流淌的金子,空气好像弥散开来的蜜。少年问,明年我还来么?姑娘侧过身子,袖子掩住了嘴。桃花人人可赏,公子为何不来?说完,扭身走向桃林深处。她的身子很快掩进一片桃红之间,少年的目光于是变得痴迷凌乱,做一个打扇动作,却忘记手中已无纸扇。

第三年,第四年,少年依然来此赏花,姑娘依然到此守候;第五年,第六年,少年依然一袭白衫,姑娘依然一抹长裙;第七年,第八年,少年的目光焦灼不安,姑娘的表情起伏难定;第九年,第十年,少年一点点老去,棱角分明的下巴上长满胡须;姑娘也不再年轻,脑后甚至绾发成髻。两个人隔着纷乱的桃花,相视而笑。

少年说,又一年了。姑娘说,又是一年。少年说,你好像瘦了。姑娘说,你有点老了。少年说,一会儿,我就得走。姑娘说,知道。姑娘淡绿色的罗衫在微风中轻轻飘舞,缤纷的花瓣悄悄迷住她的眼睛。忙抬手去擦,那双手仍然白得几近透明。姑娘娇小玲珑,婀娜妩媚。红唇好似花瓣,身段如同柳枝。

少年问,明年我还来么?

姑娘回答，桃花人人可赏，公子为何不来？

少年说，不，我不来了。少年久久地低下头，看一地乱红纷杂。他说今天，我想取回我的纸扇。

姑娘愣怔，娇小的身子扶了桃树，整个人轻轻地晃。少年跨前一步，却咬咬牙，不动。我想取回我的纸扇，他说，十年光阴，纵是纸扇也可以老去。

没有纸扇了。姑娘说，纸扇被姐姐带进了宫。

纸扇被带进了宫？少年吃了一惊。

是的。姐姐被皇上招了妃子……她什么都没有带走，唯独带走那把纸扇……其实她不喜欢进宫……她被招了妃子，是爹的主意……

可是怎么会是姐姐……

因为我是妹妹。姑娘笑笑说，事实上，第一次与你在桃林中邂逅的人并不是我，而是我的姐姐；你的纸扇也并非给了我，而是我的姐姐；你一直等候的人，更不是我，而是我的姐姐……

你为什么一直不肯告诉我？

因为你没把我认出来……我和姐姐长得并不像，可是你还是没把我认出来。我在想，你痴迷的究竟是谁？是人，是桃花，还是心境？第一次，你竟连她的模样，都没有记清……

因为没有第一次。少年苦笑，扶住一棵桃树，没有第一次，我与你的相约，其实只有九年。

可是明明是十年……

属于儿子的八个烧饼

不，是九年。少年说，十年前你的姐姐在桃林中邂逅的人并不是我，而是我的哥哥。

这怎么可能？姑娘的身子开始轻轻地晃。

是的，是我的哥哥。他在赶考途中突发急病，客死他乡。临死前他嘱人告诉我，来年春天，一定要去桃林讨回他的纸扇，如果有可能，将他的死讯也告诉她……他知道那姑娘喜欢他，他不想让姑娘等他……

可是你没有告诉我……

我怕你伤心……我以为你就是她……更可怕的是，我发现自己喜欢上你……

可是你从来没有说过你喜欢我……

因为哥哥喜欢你。因为我认为，你喜欢的人，一直是我的哥哥……

所以你把这个秘密隐瞒了九年？

你也是。

两个人默默相对，不再说话。春意盈然，到处都是踏青的行人，阳光如同流淌的金子，空气好似流淌的蜜。少年跨前一步，盯着姑娘毛茸茸的眼睛，说，两个亡去的人，竟让我们浪费掉整整九年。姑娘微微一笑，从一片桃花中闪出，说，如果没有他们，我们也许会浪费掉一辈子。姑娘收首垂眉，羞立于一片桃红之间，人面红比桃花。少年手提长衫，再跨前一步，与姑娘相视而笑。此时，空中飘起绵绵春雨，很快打湿两个人的衣衫，以及眼睛。

桃花乱，乱人心。雨中草色绿堪染，水上桃花红欲然。

31

我真的闻到了花香

已经在病床上躺了两个多月,她不知道自己还能熬多长时间。

有时候他来了,扶她靠着枕头坐一会,她就能望见窗外的一条土路,和紧挨着土路的一堵斑驳陈旧的土墙。初春,有不知名的藤顺着土墙偷偷地攀爬,吐着暖的绿。

他给她削好一只苹果,她慢慢地啃,突然说,这墙真是讨厌呢!土墙遮挡了她的视线和墙那边的风景,这令她有些烦躁。

他赔着笑,他说这土墙马上就要拆了呢。然后他又一次给她描述墙那边的那个花园。有月季、紫藤、鸡冠、江石腊、毛竹、剑麻、石榴、四季菊、金边兰……满满的一园子。他说,等这些花开时,这墙就拆了,到时我们去散步。他的眼睛眯起来,表情里充满了期待。

她就等着,从初春等到初夏。墙依旧在,她却越来越虚弱了。

她靠着枕头,剧烈地咳嗽,她说我还能等到这些花开吗,现在这些花有开的吗?他让她等一会,然后跑出去。她看到他在窗外匆匆向她做个鬼脸,然后消失在路的尽头。过一会,他跑回来,捧一朵近似透明的月季花苞。偷摘的!他大声说。她愉快地笑了。

他告诉她,花园里的很多花儿都鼓出了花苞,看样子马上就要开了,只要这墙一拆,她倚在床上也能看见这些花了。这墙到底什么时候拆?她问。他踱到窗前,他说,应该很快。

墙继续立在那里,她也继续虚弱着。盛夏,天很热,有时她一整天都在咳嗽,生命仿佛正在离她而去。他扶她倚坐在床上,他说,再过一个月,这墙就被拆了,是真的拆,市容部门在电视上通告的。那时他握着她的手,他感觉她的手冰凉。等你病好了,我们去那儿散步。他说着,指着那墙。却不敢看她。

她把他的手攥紧,她说可能我等不到那一天了。其实不拆也没有关系,反正我知道那儿有一个花园,花园里开满了花。梦里,我们在那里相拥呢。她微笑着,表情有些羞涩,然后她开始吐血。一大片一大片的血花,于是溅落到雪白的床单。恍惚中她觉得床单上开满了大片的玫瑰,她和他牵着手在玫瑰园里无忧地散步、说笑。再然后,她的手便垂下来。

他守着空空的病床,哭了整整一夜。他骂自己的无能,他的谎言仅把她多留了两个月,却不能留住她的一生。后来他嗓子哑了,发不出声。他盯着那堵墙,好像墙的那边,真得有一个花园。

护士交给他一本日记,日记是她的。他翻开日记,纸面上画了一个漂亮的花园,花园里有月季、紫藤、鸡冠、江石腊、毛竹、剑麻、石榴、四季菊、金边兰……满满的一园子。

下面,她写着:

我知道,墙那边其实并没有花园。可是在黄昏,我真的闻到了花香。

十八相送

我一直认为,她如仙女般娇艳迷人,应该与我的牛奶有关。

那年我十八岁,送奶员。我负责八个街区和一个自然村共165个订户,我记得清清楚楚。年轻的我完全可以在早晨七点以前将所有牛奶派完,但每一次,当我派完奶,已是中午。

这全因为她。

她租住着自然村里的一间厢房,小小的窗户冲着街道。我将牛奶放上窗台,轻轻敲敲窗户,少顷,窗子拉开一隙,一条胳膊轻轻探出。我从未见过那样迷人的胳膊,它柔软、白皙,有着瓷和玉的光芒。尽管相隔很远,我仍然能够感觉到它的温暖。

牛奶是热的,不烫,不凉,恰到好处的温度。我希望当她的手碰触奶瓶,她的心,也会变得温暖一些。

第一次看见她的模样,缘于她的责怪。当我轻轻叩击着窗户,我听到一个慵懒的声音。能不能再晚点来?总被你吵醒……

那声音让我舒服并且紧张。我无法拒绝那样的声音。我想说,可以。但是我不争气的嘴巴说出来的却是,不行。

于是窗帘拉开,我看到她美丽精致的脸庞。那是一张让我忘记一切的脸庞。那是一张让我永远不会忘记的脸庞。呵,季风吹来,她是下凡的仙女。

我当然遵命,将为她派奶的时间拖到中午。我想让她多睡一会儿,再多睡一会儿。我不想惊扰她,可是我怕顽皮的孩子拿走牛奶,又怕她喝到牛奶的时候,牛奶已经变凉。我守着奶瓶,直到她弧线优美的胳膊,探出窗子。

终于,那天,当我敲敲窗子,我听到屋里发出"啊"的一声。紧接着,一阵窸窸窣窣,她的脑袋探出来。

你骑车子了吧?她问我。

是。我浑身颤抖。

摩托车?

三轮车。

哦。她将头缩回去,很失望的表情。

我没有走。直觉告诉我,她会走出来,坐上我的车子,催我快开车快开车。我候在冬日寒风里,我听着心脏将胸膛击出"咚咚"的声音。

果然,她在几分钟以后走出屋子。她穿着时髦的银灰色风衣,我看到,风衣里面的她,露着一片雪白的胸脯。看到

属于儿子的八个烧饼

我,她愣了愣,问,在等我?我说,是。她笑了,坐上我的车子。快开车快开车!她笑着催我。

我激动、幸福、战栗、不安。她的身体散发出淡淡的月季花的芳香,这芳香让我流下眼泪。我把车子骑得飞快,我想她长长的黑发肯定会非常好看地飘起来。然而我不敢回头。

送你去哪里?我盯着前方,问。

百分百舞厅。她说。

那舞厅我每天经过。上午时,大门紧闭,中午以后,舞厅门前,便多出两个站得笔直的服务生。我知道那是有钱人去的地方,但那时,我并不知道世界上还有舞女这一职业。

我把她送到门口,她认真地向我道谢,然后"噔噔噔"地跑上台阶。她没有回头看我一眼,我却盯着旋转的玻璃门,足足两个小时。

回去,牛奶还在,只是已经冰凉。我把牛奶带回宿舍,那天,我生平第一次喝到牛奶。

以后日子里,我仍然将牛奶放上窗台,仍然敲敲玻璃,她的胳膊仍然从拉开一隙的窗子里探出。再以后,有一天,我发现探出来的并不是她的胳膊——我认识她的胳膊,那是世界是最美丽的胳膊。一连三天都是如此,我终于忍不住了,问,她呢?里面问,谁?我问,以前的她呢?里面答,走啦!反正钱都付了,你只管送来奶就行。

我没有再问。然而,整整一个月,从半夜到天明,我都远远地守在那个舞厅的门口。我想看到她,可是我一次也没有成功。

37

其实，就算看到她，我也不敢上前。我甚至不知道她的名字。我想，知道或者不知道，都没有关系。我偷偷爱上一个看似至少比我大十岁的女人，我不让她知道，所以我足够幸福。

几年以后，终有一天，我走进那家舞厅。我安静地坐在靠窗的位子上，面前和身边，脂艳粉香。我讨厌那里所有的舞女。

可是我仍然想她。也可能，仍然爱她。

三年前的一天，我在一个酒店吃饭，邻桌有一位女人，非常像她。眉眼、身材、声音、表情、两条美丽的胳膊，都非常像。我没有上前。我认为那绝不可能是她。因为那女人很富有，很高贵。我毫无理由地认为，无论如何，她绝不可能那样富有，那样高贵。

一年前的一天，我经过一个菜市场，摊前的一位女人，非常像她。眉眼、身材、声音、表情、两条美丽的胳膊，都非常像。我仍然没有上前。我仍然认为那绝不可能是她。因为那女人很贫穷，很可怜。我毫无理由地认为，无论如何，她绝不可能那样贫穷，那样可怜。

她应该变成什么样子，我不知道。只是，有时候，当我喝一杯牛奶，就会突然想起她。我想那时，她如仙女般娇艳动人，肯定与我的牛奶有关。

江南好

江南好。江南有桑。

桑有纤弱的身子，纤长的颈，纤秀的臂，纤美的足。桑住在小镇，小镇依河而建，小河匍匐逶迤。黄昏时桑提着白裙，踏过长长的石阶。黄昏的河水是粉色的，河面上似乎洒了少女的胭脂。桑慵倦的倒影在河水里轻轻飘摇，桑顾影怀思。

桑躲进闺房写字。连毛笔都是纤细的。桑写，江南好，风景旧曾谙……两只鸟歇落树上，悠然地梳理羽毛。桑扔掉笔，趴到窗口，就不动了。桑常常独自发呆，然后，红了唇，红了脸，红了眼圈，红了窗外风景。

桑在一个清晨离开小镇，离开温润的江南水乡。一列小船推开薄雾，飘向河的下游。那天桑披着盖头，穿着大红的衣裙。唢呐呜哇呜哇扯开嗓子，两岸挤满着看热闹的人群。人群兴奋并且失落——那么婉约多情的桑，竟然嫁到了北方。

桑跳下船，掀掉盖头。桑上火车，泪眼婆娑。桑坐上汽车，表情渐渐平静。桑走下汽车，盖头重新披上。唢呐再一次呜哇呜哇地响起，这是北方的唢呐。花轿颤起来了，桑的心一点一点地下沉。

从此桑没有再回江南。却不断有银钱、粮食、药材和绸缎从北方运来。那本是江南的绸缎。江南的绸缎绕一个圈子，终又重回江南。

桑离开江南一个月，有男人来到小镇。他跳下船，提了衫角，拾级而上。他有俊朗的面孔和隼般的眼神，他有修长的身材和儒雅的微笑。他坐在小院，与桑的父母小声说话。片刻后他抱抱拳，微笑着告辞。他跳上船，船轻轻地晃。他盯着胭脂般的河水，目光被河水击碎。他叹一口气，到船头默默坐下。他静止成一尊木雕，夕阳落上长衫，每一根纤维却又闪烁出迷人的红。

桑住着北方的宅院，神情落寞。当然也笑，笑纹一闪而过，像夜的惊鸟。有时喝下一点点酒，红酒或者花雕，眼神就有了迷离缤纷的色彩。然后，桑将自己关进房间，开始写字。她写，江南好。纸揉成团，又取另一张纸。再写，江南好。再揉成团，再取另一张纸。突然她推开窗户，看午栖的鸟。她开始长久地发呆，红了唇，红了脸，红了眼圈，红了宅内风景。

老爷说，想家的话，回去看看吧。桑说，不用了。老爷说，总写这三个字，料你是想家了。桑浅笑不语。笔蘸着浓墨，手腕轻转。三个字跌落纸上，桑只看一眼，便揉成团。

属于儿子的八个烧饼

旁边堆起纸山,老爷摇摇头,满脸无奈。

男人在某个深夜潜入大宅。仍然身材修长,仍然一袭长衫。他提一把匣子枪,从墙头轻轻跃下。他悄悄绕过一棵槐树,就发现自己中了埋伏。他甩手两枪,两个黑衣人应声倒下。他闪转腾挪,似一只凶猛矫健的豹子。后来他打光了子弹,再后来他中了一枪。子弹从下巴钻进去,从后颈穿出来。子弹拖着血丝,镶进宅院的土墙。男人轻呼一声,缓缓倒下。月似银盘,男人俊朗的面孔在月光中微笑。

桑倚窗而立。从第一声枪响,桑就倚窗而立。她只看到了墙角的毛竹,她只听到了密集的枪声。枪声戛然而止,她就知道,一切都结束了。她趿了鞋,推开门,走进宅院的深处。她看一眼男人,闭了眼;再看一眼男人,再闭了眼。她的手轻轻滑过男人的后颈,男人的微笑在她的眸子里凝固成永恒。她站起来,往回走。她走得很慢,脚步声充满悲伤。

第二天桑死去了。她的身上没有任何伤痕,她的饮食和以往完全一样。一切都是那般蹊跷,诡秘万分。老爷请来大夫,两天后大夫得出结论。他说她想死,于是就死了。一个人悲伤到极致,一个人想死到极致,就会死去。这没什么奇怪,所有人都是这样。

桑留了遗书。一张宣纸,三个字:江南好。

人们就说,桑是太想家了。

只有死去的男人,明晓桑的意思。

因为他的名字,叫作江南。

毛毛熊

男人坐在候车室的长条椅上，呆滞的目光瞅着脚边一个鼓囊囊的旅行包。他在等待一天中唯一的一班过路车。其实男人十天前就应该离开这个地方，但当妻子要求他和她一起回去时，他说，让我再静静待几天吧。

老人什么时候进来的，他没有察觉。他看到他们时，老人正领着一个三四岁的男孩站在他面前。看得出老人很累，流着汗，弯着腰，握拳轻轻捶着自己的大腿。他向旁边挪了挪，指着腾出来的空位。"您坐。"

老人朝他笑笑，坐下。她把男孩放到自己腿上，眼睛看着窗外。

"奶奶……""嗯。""妈妈是不是不要咱们了？""嗯。""她为什么不要咱们了？""她做得对。你不懂……""我不懂，你快告诉我。""长大了，你就知道了。"

"奶奶……""嗯。""爸爸呢？""爸爸走了。""我

属于儿子的八个烧饼

知道他走了。我们是不是要去看他？""不。我们要去亲戚家。""以前的家呢？""我们不再回去了。""我们为什么不去看爸爸？""因为爸爸走了。""我知道他走了，我们为什么不去找他？""你不懂……""我不懂，你快告诉我。""长大了，你就知道了。"

"奶奶……""嗯。""我什么时候长大？""很快。""我想妈妈。""嗯。""我更想爸爸。他说要给我买一只毛毛熊。""嗯。""我想看爸爸的照片。""等到了亲戚家再看。""不，我现在要看。""你怎么不听话？""我就想看看爸爸的照片……""信不信我揍你？""好。我先看。看完了，你再揍我。"

男人静静地听着一老一小的对话。本来他不想插话，但男孩的最后一句话让他心酸。他把身子斜了斜，朝向老人，"就给他看看吧！"他说，"这么小的孩子，这么想他爸爸。"

老人叹口气，从随身携带的帆布包里拿出一个信封，又从里面抽出一张照片，递到男孩面前。"快点看！"老人的眼睛环顾四周，样子有些紧张。

男人愣住了。他死死地盯着照片上的男人，直到老人把照片重新装进信封。

"他是不是，叫高敃？"男人问。

"是的。"老人不安地说。她飞快把脸转向另一侧，盯着窗台上的一盆云竹。

"您告诉我……"男人从口袋里掏出一张报纸，抖开，指着上面的一张照片问她，"这是他吗？"男人的胸膛开始剧烈地起伏，仿佛有人在里面拉一个巨大的风箱。

"是的。"老人看了他一眼，再一次飞快地把脸转向那盆云竹。

男人盯着老人，一时竟不知说什么好。他的胸膛有节奏地起伏，却挤出不均匀的呼吸。男人站起来，又坐下，他重新把报纸抖开，盯着上面那个已经死去的男人。

……一个月前的一天，这个叫高畋的男人闯进了镇上的储蓄所。他带着一把刀子，身上绑满了炸药。他没有抢到钱，却被很多警察追赶。男人慌乱之中跑向附近的一座小山，并躲进半山腰一个废弃的有着两间屋子的看林房。荷枪实弹的警察很快将他包围，男人看逃走无望，就引爆了身上的炸药。

恐惧并绝望的男人并没有发现，在一墙之隔的另一间屋子里，正躲着一群瑟瑟发抖的人。那是八个来这里旅游的小学生和一位青年老师，那天他们来爬这座山，累了，进到看林房休息。然后他们听到有人闯进另一间屋子。再然后，房子被炸上了天。

八个小学生，当场炸死两个。十几天后，在医院里，又死了一个。据幸存的青年教师回忆，那个男人并没有发现他们……

男人朝老人张张嘴，却什么也没说。

男孩再一次缠起老人，"我还想看爸爸的照片。"他说。

老人终于火了。"信不信我揍你？"她在男孩的屁股上重重打了一巴掌。

属于儿子的八个烧饼

男孩大哭起来："我要看爸爸！你为什么不让我看爸爸？""跟你说过爸爸走了！""我知道他走了，他去哪了？""信不信我再打你一巴掌？""你打！你打！爸爸说过要给我买一只毛毛熊的！他不会扔下我走的！""你想知道爸爸是怎么走的吗？你想知道是不是？"老人的眼泪终于流下来，"好！我告诉你！"

"你不要这样！"男人急急地阻止老人。他低下身子，看着男孩，"爸爸刚才还在，和我在一起。不过你来之前，他坐上汽车走了。他得赶着去挣钱，给你买更多玩具。过些日子，他还会回来找你。毛毛熊他给你买了，让我捎给你。"男人打开那个鼓囊囊的旅行包，从里面拿出一只很大的毛毛熊，递给男孩。"你看，是不是？"

毕竟是小孩子。男孩看到毛毛熊，就乐了："我就知道奶奶在骗我！我就知道爸爸不会忘了我！"

老人不安起来。"这个，值很多钱吧？"她指着毛毛熊问。

"没事。我买给孩子的。他早想要一只毛毛熊，一直没给他买。后来他……病了，就给他买了一只，让他日夜抱着。想不到医生没能……把他救活。现在他不需要了……"男人强忍着泪，泪却还是滴了下来。

老人重重地叹口气。"什么病？"她问。

一辆汽车在候车室门口停下来，正是男人等的那一班。男人站起来，拿起瘪瘪的旅行包，朝门口走。走了几步，他停下来，转过头，对老人说："他没得病。假期来旅游，死在这儿了。是被炸死的。在半山腰的守林房。"

真有意思

小时候，最喜欢的游戏之一，便是憋鸭蛋。憋鸭蛋不仅有意思，而且有收获。

时间多会选在中午。这时候，鸭子们多在岸边休息，大人们多在家里休息。独自前往，悄悄靠前，盯紧鸭子，快跑几步，猛地一扑，将鸭子擒获在手。然后，憋鸭蛋正式上演。

我不想过分描述憋鸭蛋的过程，以免被读到此文的个别读者效仿。大概的做法是，捏紧鸭子的嘴巴，堵住鸭子的鼻孔，让鸭子不能顺畅地呼吸或者干脆不能够呼吸。鸭子被憋得受不了，就会从屁股里溜出一个蛋。于是揣蛋回家，待下午家中无人，或煮或煎或炒，吃得那叫一个香。几乎每一次都有收获，甚至，运气好的时候，可捧三枚鸭蛋回家。三枚鸭蛋，难得腥荤的日子里，是一笔巨大的财富。

那天中午，我照例来到河边。河边安安静静，只有几只休憩的鸭子。鸭子们毫无防范，看到一点点朝它们靠近的心

属于儿子的八个烧饼

怀鬼胎的我,竟然咧开大扁嘴,"呱呱呱"地叫起来。说时迟,那时快,我一个旱地拔葱,接一个饿虎扑食,再接一个双雷贯耳,一只鸭子就被我结结实实地擒拿。于是,鸭子开始了它一生中最为恐怖的噩梦。

我见到它瞪着圆溜溜的眼睛,对突然发生的一切,有些不知所措。然后它开始挣扎,两腿乱蹬,双翅乱舞,很有些最后一搏的意思。再然后,它便不动了。不动了,仍然睁着眼睛,斜看着我。但是,它就是不肯为我下一个蛋。它不下蛋,我便仍然擒紧它,不管它的死活。终于,我听到"噗"的一声,刚要乐,却发现溜出屁股的并非是鸭蛋,而是鸭屎。我想我被这只狡猾并且固执的鸭子嘲弄了。它嘲弄我,我更不能放过它——不得到鸭蛋,誓不罢休。所以,可怜的鸭子终在五分钟以后,彻底闭上眼睛,一动不动。

我扔开鸭子,吓出一身冷汗。我没料到结果会这样严重——我只想要一只鸭蛋,却取了它的鸭命。我害怕极了,扔开鸭子,撒腿就跑。我不敢回家,我在河边的玉米地里,躲了整整一个下午。黄昏时我心存侥幸,重新来到河边,我想也许,那只鸭子只是暂时被憋晕过去。它还会摇摇摆摆地站起来,摇摇摆摆地走路,然后回家,为它的主人下一枚鸭蛋。

果然如此。那只鸭子真的在摇摇摆摆地走路。我清晰地记得它的模样,灰蓝黑的头颅,深蓝色的翅尖,灰白色的肚腹,脖子上有一道雪白。也许它只是一只公鸭,可是无知的我竟认为,它会被我憋出一枚鸭蛋。鸭子见到我,稍稍一愣,扭头就跑。它一边跑一边拍打着翅膀,亡命般奔向河水，然后在水面上狂奔。

那一刻，那只鸭子学会了冲浪的本领。

我欣喜若狂——既然鸭子没有死掉，我就没有犯错。我没有犯错，便可以回家，便不必害怕，便没有罪恶感。

不过，从此我再也没有做过憋鸭蛋这样的缺德事情。现在，有时候当我见到花鸟市场上出售的刚刚孵出的黄色小鸭，就会顿生恻隐之心和怜爱之感。我摸摸它们的小脑袋，看看它们的小眼睛，想想小时候憋鸭蛋的事情，感觉儿时的我，真的是万般邪恶。

前些日子，去某地乡下旅游，无意中给村里一个男孩讲起此事。男孩兴致勃勃地听完，直呼过瘾。他说，以后他也要去河边憋鸭蛋。

你平时吃不到鸭蛋？我问他。

当然不是，我早吃够鸭蛋啦。男孩说，可是我还是想去憋鸭蛋。

为什么呢？我问他。

——说实话，我为他讲起这段经历的本意，是想让他变得善良，而不是变得凶残。

憋鸭蛋多好玩啊！男孩说，想想就好玩。真有意思！

哦。他要去憋鸭蛋，只因为憋鸭蛋"真有意思"。再想，生活里，就因为一些人对另一些人做了某些"真有意思"的事情，才让另一些人变成河边那些痛苦的鸭子了吧？

所以那天，我瞅瞅四下无人，上前，捂住男孩的鼻子和嘴巴，硬憋了他十五秒钟。

属于儿子的八个烧饼

不太远的距离

十分钟以前,他来到这个陌生的城市。走在街上,感觉两旁的摩天大厦向他倾斜和挤压,抬头看,它们果然在他的头顶上方对接。"只要相距不是太远,所有东西最终都会长到一起。"奶奶这样告诉他,"云彩、河流、高山、大树、花草、房子……还有人心。"

几年来他走过太多城市:大的、小的、冷的、热的、粗犷的、温婉的……它们无一例外,拥挤不堪。他从这个城市挤到那个城市,他喜欢这种感觉——如同一株野草挤进名贵的花盆——如同一条野狗挤进温暖的狗舍。

从出站口向前,左拐,再右拐,他遇到老人。老人缩在墙角,擎一个很大的搪瓷茶缸。老人抖着嘴唇,抖着茶缸,散在缸底的几枚硬币互相碰撞,叮当有声。在乡下,午后或者黄昏,他常常听到这种声音。叮当,叮当,声音从远处传来,慢悠悠飘进他的耳朵。直到离开故乡,他也不知道那到底是什么声音，究竟来自何方。声音有时让他平静，有时又令他恹恹欲睡。

老人绝非骗子。老人有着乡下人的肤色，乡下人的相貌，乡下人的表情，乡下人的气息。乡下人是有气息的——不管他们在城里混迹多少年，不管他们从事怎样与种地毫不相关的事情，他们也有着独特的乡下气息。那气息藏在皮肤中、肌肉中、血液中、骨头中，一生相伴。

他能闻出老人的乡下人气息。老人就像他的奶奶。

他掏出钱包，将几张零钞塞进老人的茶缸。他动作很小，他不想让老人难堪。他继续往前，左拐，再右拐，叮当声一路相随。他分辨不出那声音来自遥远的乡下，还是来自老人手里的搪瓷茶缸。

然后他就发现，钱包不见了。

钱包塞在牛仔裤的后口袋，那口袋一直被他扣得很紧。可是刚才，老人的表情让他忘记了口袋上的扣子。他甚至能够隐约回忆到小偷的模样——小偷轻碰他一下，迅速消失。他转身，往回走，试图找到小偷。他再一次走回老人的身边。老人的茶缸捧在手里，里面，他刚才塞进去的钞票已经不见。几枚硬币随着茶缸的抖动发出叮叮当当的声音，他突然开始后悔。

他后悔，不是因为他因此丢掉钱包，而是因为，那些钱已经被老人藏起来。老人藏起那几张钱，努力让自己变得更加卑微，更加可怜。老人的做法，令他伤心。

他想找到小偷，找回钱包。他在那几条路上来回走，来

属于儿子的八个烧饼

回走。他从清晨走到黄昏,他一无所获。他没吃早饭,没吃午饭,看样子,也不会有晚饭。以前的日子里,他曾多次忍受过饥饿,每一次,都令他刻骨铭心。现在饥饿感再一次袭来,铺天盖地,他有想哭的冲动。

他抬头,看看天空。摩天大厦在他的头顶挤在一起,就像两棵只能靠倚住对方才不会倒下的大树。他想起奶奶。奶奶说:只要相隔不太远,所有的东西,最终都会长到一起。云彩、河流、高山、大树、花草、房子……还有人心。

他靠近老人。他说:"能不能给我……十块钱?"

老人的手猛地一抖。她似乎被吓了一跳。

"我的钱包丢了……我一天没吃东西。"他尽量将声音压低,"现在我想吃碗面……十块钱……五块钱也行。"

老人惊恐地捂住茶缸。里面,硬币叮当作响。

老人的表现让他有些生气。"刚才我给了您一些钱。"他说,"至少五六十块吧……现在我只想拿回五块……我想吃点东西。"

老人突然站起,跑起来。颤颤巍巍的老人竟然跑得很快,跑时,搪瓷缸里的硬币响成一片。响成一片的硬币有了虚假的数量,叮当声拥挤不堪。他愣了愣,上前两步,将老人摁倒在地。

"求求您,给我钱。"他说,"三块钱就行……我饿。"

"救命啊!"

"别喊。"他用一只手捂住老人的嘴,另一只手探进老人的口袋。"如果我的钱包不丢……"他摸到一张钞票。

51

"抢劫啊！"老人恐惧的声音顽强地挤过他的指缝，然后迅速变成利箭，射得到处都是。

他惊愕，骇惧，松开老人。扭头看，三个手持木棍的男人已经朝他跑来。他扔开老人，逃向街的拐角，手里，仍然紧捏着那张钞票。他听到叮叮当当的声音，他看到晨露、夕阳、草屋、土墙、街边的铁匠铺、田野里的油菜花、公园里的雕塑、抱成一团的两栋楼房。他想起奶奶的话。奶奶说：不太远的距离，所有的东西都会长到一起。包括人心。

他流下一滴眼泪。狂奔中，眼泪掉落地上，竟也叮当有声。

茶　弈

　　子胥初居山野，心烦意乱。白天他与当地农夫一起农作，到晚上，便手捧一杯清茶，面朝吴国方向，久久不动。小院里雾气升腾，院角，一株他从山上移来的茶树长得生机勃勃，片片嫩芽如同落上一层淡雪。

　　子胥叹一口气，将茶杯置于几上。身边的七星宝剑夺目光辉，子胥能够感觉到它复仇的光芒。

　　有人敲门，嘭嘭嘭嘭，节奏平和，声音温敛。开了，原是东山老翁。这老人索居离群，务农为生，鹤发童颜，身姿矫捷。见到子胥，笑笑，致礼，坐定，说，睡不着？

　　睡不着。

　　那么，我们何不对弈一乐？

　　无棋。

　　无棋也可对弈。老人说，以茶代棋。

　　以茶代棋？

就是茶弈。无章无法，无规无矩，但看如何弈法。

子胥亡命天涯，见多识广，却是对茶弈闻所未闻。老人一番话，让他兴趣盎然。

两把茶壶，两把茶叶。两个人，两种表情。子胥洗茶温杯，井井有条。老人端坐不动，目光如炬。少顷，子胥沏出第一杯茶，茶色浅淡，茶香淡雅。子胥为老人斟上一杯，说，请。

老人轻啜一口，笑了。老人说，茶是上等好茶，只是这泡法之上，尚欠火候。

子胥愣怔。

老人不说话，端起茶壶。洗茶温杯，与子胥别无二样。然后，添水，静坐，表情淡然。

子胥问，有何不同？

老人伸手，请。

老人之茶，形美，色透，香浓，味醇。细细品之，香浓持久，甘洌醉人，确上于子胥所泡之茶。

子胥不解。

老人说，做好茶，讲究的便是这"形美，色透，香浓，味醇"，做茶是这样，做人也是这样。形美，要顶天立地，不可流俗；色透，要坦坦荡荡，光明磊落；香浓，要不骄不躁，大度豁达；味醇，要仗义疏财，高情远致。此为天赐此茶之品质，更是此茶赐人之品质。

天赐？子胥的眼睛亮了一下。

天赐。老人捋一把胡须。

属于儿子的八个烧饼

子胥思忖良久,微微点头。

泡出好茶,还需要工夫。老人顿了顿,接着说,所谓工夫,便是时间。比如今日之茶,水不能太烫,水太烫则味涩苦;时不能太短,时太短则味浅淡。看似泡茶一事,实则人生至理。我看你身长一丈,腰大十围,眉广一尺,目光如电,须发绀绿,威武雄壮,必异于常人,胸怀大业。但是,听老夫一句:欲速则不达。一个人,纵有千般遗憾万般仇恨,也需按部就班,切不可急于求成。

子胥豁然开朗,向老人点头致谢。

从此子胥日出而作,日落而息,更加深居简出。七星宝剑早已锈迹斑斑,然用坏的锄头,至少三四有余。

每夜里,与他相伴的,必是一壶天赐好茶。

是夜,东山老翁再一次敲开他的房门。

睡不着?

睡不着。

那么,我们何不弈茶一乐?

子胥将两个茶壶摆上方桌,有条不紊。这次子胥有了经验,洗茶,温杯,三九二十七道序,一丝不苟,不急不躁。终于,第一杯茶沏出,子胥恭恭敬敬将茶递给老人。

不错。老人品一口茶,赞叹道,形美,色透,香浓,味醇,天之甘露。不过,既为茶弈,总得比个高低。

请。

老人开始洗茶。茶洗完,将之摊平,晾干。晾茶用时很久,老人用这段时间劈了一堆柴,又汲了井水,将那棵如落雪般的茶树浇灌。待老人将晾干的茶芽重新装进温好的茶壶，天已拂晓。接下来老人的举动令本已昏昏欲睡的子胥目瞪口呆——老人往茶壶里滴一滴水，只一滴，仅一滴，然后，老人手握茶壶，摇动起来。

老人将茶壶摇动很久，表情随着茶壶的摇动慢慢变得生动。茶壶如同武器，裹起阵阵晨风。终于，啪，老人将茶壶拍上桌子。老人取来茶杯，开始斟茶，但见一滴茶珠挂在壶嘴，温润透明，久久不落。老人端坐不动，目光幽远，晨光里，如同一尊雕像。终于，珠落杯底，声音纯厚。

老人说，请。

不用看，不用闻，不用品，子胥也知那是茶之精华——一壶上等好茶，需要一把茶尖；一把上等茶尖，需要几亩茶林；一亩上等茶林，需要几座仙山；一座云中仙山，需要千年造化。这一滴茶，便是世间几千年光阴啊！

对普通人来说，一壶茶便是一生，便可知足。老人笑笑说，可是对你来说，莫让一壶茶，误你一生。

误我一生？

不是吗？老人说，不凡之人也需闲淡，但不凡之人不该一生闲淡。就像茶。上次之茶乃中庸之茶，适闲人雅士、山野村夫；此次之茶才乃志士之茶，适将相帝王、不凡之人。正所谓厚积薄发，十年磨一剑，茶与人，皆如此。还有，剑乃指点江山之器，而绝非用来挖挖山药……

老人扭头，看一眼子胥那柄生满锈蚀的七星宝剑，说，茶乃天赐甘露，你乃天赐良才。切莫辜负。

属于儿子的八个烧饼

既是天赐，又何必……

虽是天赐，人必为之。老人站起来，对面一抹朝霞，飘然而去。

子胥沉吟良久，"嘭"地朝老人离去的方向跪下，尊一声"师父"，然后，取了剑，在院子里舞起来。

轮　回

　　他熟练地从树干上滑下，钻进洞穴。他用两块石头互相撞击，笨拙地燃起一摊火。是清晨，火苗照亮赭红色的洞壁，险些烧到他的草裙。他匍匐在洞口，眼睛瞪得雪亮。忽然他打起兴奋的忽哨，石斧陡然划一道凶狠的弧线，准确击中一只野羊的头颅。野羊惊恐地翻一个跟头，狂奔而去。他爬起，拾起石斧，紧紧追随。他一边跑，一边把石斧在一块很小的石头上反复打磨。他试图在石斧上，磨出一个锋利的刃。

　　他追出森林，眼前的城池豁然开朗。野羊一蹦一跳，闪进森严的大殿。这时石斧变成铜斧，闪烁着耀眼的黄橙光芒。大殿里香气氤氲，歌舞撩人。有人身穿华丽的长衫，将一张地图缓缓展开。突然匕首闪现，长衫人扔掉地图，手持匕首扑向威严的帝王。大殿中乱作一团，叫喊声乱成一片。野羊乘机再翻一个跟头，逃出大殿。他无声地追出去。手中的铜斧，已经幻为锋利的宝剑。

野羊在繁华的城邑中狂奔，他加快脚下的步子，穷追不舍。他不知道为什么要追赶这只羊，好像追赶和屠杀的本身，已经成为全部。不断有身披铠甲的武士从他的身边经过，不断有逃荒的农民发出悲怆的哭声。远处有一队人马杀过去，又有一队人马杀过去。到处是鲜血和火光，哭喊和饥饿，硝烟和瘟疫，起义和镇压。他的宝剑优雅地飞出，再一次击中野羊的头颅。野羊回头看他一眼，抖动粉色的唇。他知道羊笑了。

他的衣衫精干。他行走如飞。可是他追不上那只羊。他和羊穿越城市，把诗歌和瓷器留在身后。他们来到草原，到处绿草如茵。可是芳草和鲜花很快被疯狂践踏，野兔和狐狸仓皇逃离。他知道这是天下最精良的部队。他们有着强壮的兵卒和战马，有着杀伤力极强的弓箭和长矛。他们有一位目空一切的强大首领，他们有一统天下的豪迈和雄心。他们所过之处，满目疮痍。一面旗帜飘起来了，半空中，呼啦啦响。

野羊不断回头，却从来不曾停下。好几次他手中的长矛几乎刺中羊的身体，到最后，却总是被它灵巧地闪躲。野羊将他带到海边，那里的战船已经燃烧。炮弹像冰雹般落下，击起白色的海水和红色的火焰。惨叫声和呐喊声此起彼伏，那是壮烈并绝望的调子。头插羽毛的将士面目狰狞，拳头紧握。他停下，端起枪，瞄准野羊，扣响扳机。羊警惕地跳跃，再一次冲进繁华的都市。

是正午，太阳悬挂天空，就像红色的剪纸。一辆电车从城市中心驶过，将影子扔上正在搭建的脚手架。城市是红色的海洋，动荡并且狂热。雄壮的歌声在城市上空轰鸣，震落毫不设防的云雀。然后城市归于平静，所有人都在反思和感叹。再然后，城市又一次变得狂热，人们疯狂地涌上大街，夸张地释放心中的压抑和苦闷。

沙漠中蘑菇云升起，天空中有飞机掠过。蹴鞠变成足球，球场上山呼海啸；旗袍变成迷你裙，所有的道德都被推倒重来。汽车就像甲虫，楼房好似森林。男人的头发披散至肩，女人的头发五彩斑斓。鸽子们聚集到广场，森林变成荒漠。有人说，诗人仍然活着，诗歌早已身败名裂……

野羊带着他，穿越一个个巨大的广告牌。他的领带飘在身后，像跟住他的一个标签。各种肤色的人聚集到一起，惊恐不安。太阳明晃晃地照着，一切都在解冻，一切都在变质和发霉。天空中飞过一艘奇异的船。他知道，那只船必将抵达遥远。那叫星际殖民，或者叫星际移民。

似乎到处都是烈焰。一眨眼，又似乎到处都是坚冰。野羊奔向野外，那里有幸存的森林和草原。他再一次用长枪将它瞄准，试图扣响扳机。却发现，那枪，早经变成一根长矛。他将长矛狠狠甩出，长矛软弱无力地飘向野羊。他不知道为什么要追赶这只羊，他其实并不需要知道。好像，追赶和屠杀的本身，已经成为终极目的。

世界并没有毁灭。他和羊再一次回到繁华的城邑。身边是金戈铁马，远处是飘扬的战旗。楼房变成茅屋，足球回归

属于儿子的八个烧饼

蹴鞠。诗人们站立起来,却无力吟诵忧伤的诗歌。野羊敏捷地跨越一个个尸体,幸存的百姓们,换上朴素的粗布衣衫。

野羊逃进宫殿,宫殿威武森严。身着长衫的人还在,他将手中的匕首像标枪般掷向满头是汗的帝王。帝王移步闪开,一剑挥下。血光闪,长衫人仰天长啸。

是黄昏,野羊回头再笑,逃进森林。低头看,长矛幻为铜斧,光泽正在流失。他在丛林中狂奔。他必须用铜斧将野羊杀虐。突然他被绊倒,铜斧扔出很远。扔出很远的铜斧发出清脆的响音,碎成不规则的两半。跑过去看,那不过是两块普通的石头。

是夜晚。林中刮起疾风,吹起他破旧的草裙;天空划过流星,扯出暗紫色的尾巴。现在他失去了唯一的武器。现在他必须放弃对羊的追杀。可是羊停住了。羊转过身来。羊再一次笑了。羊低下头,冲向他。羊锋利的犄角,恶毒地瞄准他的胸膛。

他终成羊的猎物。他转身逃遁。羊什么时间学会了复仇,他不知道。他只知道,自己必须爬上一棵树,才能躲开一次致命的攻击。

他爬上了树。他在连成一片的树间不停跳跃,如履平川。他摸摸自己的脸,那上面,长满密密匝匝的长毛。

他并不惊慌,只剩下痛苦和悲伤。

61

长　凳

乡下的雨比城里的雨大，我这样认为。

逢夏季，逢大雨，雨便把乡村浇得亮晃晃的，呈现一种模糊和扭曲的景致。于是河水暴涨，黄浊，湍急，直冲而下，村人就跑出来，急匆匆的，却不是为了看景，村人没那个雅兴和时间，他们出来，是为了捞东西。

总会有可捞的东西。河的上游连着很多村落。河水里漂来垃圾、南瓜、巨木甚至家具，当然，更多的时候，只会漂来一些碎草。碎草被河边裸露的树根挡住，就有村妇拿了粪叉，捞半天，捆紧，带回家，晒干，可以煮五六碗的稀饭。

方言里，这叫"捞浮"，几乎每一个村人，都干过这事。

宝田与三麻同龄，论辈分，宝田管三麻叫"叔"，但从不叫，亲哥俩似的友谊。那时三麻正跟一条鲢鱼搏斗，三斤多重的鲢鱼自己蹦上岸，三麻扑过去，手一滑，鲢鱼又蹦回到水里。三麻骂，成心逗老子呢你。这时他听到宝田的声音,凳子!

是长凳,放在堂屋,一次可以坐三四人的那种。凳子从上游漂下来,被雨后的阳光照着,闪着木质的暗黄。等凳子靠近,宝田便拿一根粪叉,看准了,猛地向岸边一划。凳子在水中打一个旋儿,漂到叉子不能所及的地方。

宝田急了,凳子,漂了!凳子,漂了!他向着凳子喊,很无助的样子,却并不看三麻。凳子漂出很远,颜色开始暗淡。宝田向回跑,寻着更长的粪叉,或者棍子。三麻正是这个时候,跳下水的。

三麻是村里水性最好的一个,没费多大劲儿,就把凳子救回。他把凳子坐在屁股下,一边哆嗦,一边拿手抚摸。三麻说,多好的凳子啊!

三麻把凳子带回家,三个孩子争抢着坐。一个孩子跛脚,很严重,吃饭时,几乎趴在地上。三麻的女人说,这下好了,这下好了。三麻说,好个屁,那是宝田的凳子。女人便看着他,尽是不满。

宝田常来。他对三麻说,这凳子,是我先看见的。三麻说,是。宝田说,我的叉子,没捅准。三麻看一眼正在凳子上玩得起劲的跛脚儿子,说,是。宝田就不再说话,有时喝一碗三麻家的玉米粥,把嘴巴咂得夸张地响。

有时三麻去找宝田。三麻对宝田女人说,要是我不去捞那个凳子,凳子就冲远了。宝田女人说,知道。三麻对宝田女人说,家里孩子,腿不好。宝田女人说,知道。三麻对宝田女人说,下次再捞浮,如果有凳子,我拼了命也为你家捞一条。宝田女人的嘴就撅起老高。不会那么巧，她说，捞了这么多年，头一次看见你捞到凳子。宝田火了，丢了手中的筷子，大骂他的女人。女人就哭，数落着宝田的窝囊。

凳子就放在三麻家的堂屋。宝田来了，常常坐在上面。一边用手摸着，一边说，多好的凳子啊！

那年，没有为三麻和宝田再下一场大雨。天热得很，三麻的承诺，被太阳烤焦。

第二年夏天，终于下了一场大雨。好像所有的云彩都变成了雨，直接倒在了河里。河水再一次暴涨，更浑浊，更湍急，河面变得更宽。

雨还没有停，三麻就叫上宝田，要去捞浮。宝田说，等雨停了吧，会有凳子吗？三麻说，现在去，会有。

还没到河边，两人就发现河面上漂着一只凳子。尽管影影绰绰，看不确切。三麻说，是凳子吗？宝田说，像。三麻就狂奔起来，奇快，宝田在后面喊，三麻！三麻没有回答，依然狂奔。他跳下了河。

三麻就这样被河水冲走了。宝田还记得，三麻在河水中举起的那条"凳子"，不过是一个窄窄的硬木板。

尸体是在下游很远的地方发现的，三麻被泡得肿胀和惨白，像发过的笋。三麻的女人只看一眼，就昏过去；众人把她叫醒，她再看一眼，再昏过去；众人再把她叫醒，她就疯了。

她把跛脚儿子抓起来，扔到院子里。然后抱着凳子，去找宝田。她对宝田说，别再捞浮了，叫三麻回家吧。宝田嘿嘿笑，像哭。她又说，三麻水性好，但水太凉，别让他下水。宝田再嘿嘿笑，更像哭。她再说，三麻呢？宝田便不再笑了，抹一把泪说，对不住你，婶娘。宝田头一次叫三麻的女人婶娘，三麻女人感觉不是在叫她。

那以后，村人常常听到宝田在夜里，打她的女人。女人的惨叫，传出很远。

有时我回老家，去三麻女人那儿坐坐。那是一个已经六十多岁的女人，我也叫她婶娘。

我问她，婶娘，认识我吗？她说，认识，你是小亮。我问她，婶娘，身体还硬朗吗？她说，还好，什么病也没有。我问她，婶娘，家里日子还好吧？她说，还好。只是，三麻没有坐的地方。

她的家里，其实摆了一圈沙发。那是她的跛脚儿子添置的，他们一直住在一起。

后来我知道，她的家中曾经失火，那条被宝田送回来的凳子，早已化为一把清灰。

她盯着我，她说，三麻没有坐的地方。如此重复，一直到我离开。

小的时候，在雨后，我也常常和大我十几岁的堂哥，跑去捞浮。我们捞到了碎草、葫芦、树枝、油桶、南瓜、竹篓、八仙桌……我们捞到了很多东西，但我们依然贫穷。

巢

城分成东城和西城，中间马路相连。东城高楼林立、商业发达，西城则基本保持了老城区的原貌。那条小街安静地躺在西城一角，小街上有一个理发店，一个杂货店，一个花店，一个蛋糕店，一个药店，一个饭店，一个干洗店，一棵树。

小街上行人稀少，尽头是一个村子。那也许是城市里最后一个村子，因为濒临灭绝，所以有了价值。有人说村子五十年之内不会被拆除，连同这条作为附属的小街。小街和村子是城市里的另类，它们安静祥和，鸡犬相闻。

傻子就住在小街上。确切说，傻子就住在小街的树上。树是柳树，有很粗的主干，在距地面一人多高的位置，分出三个强壮的枝杈。晚上傻子侧卧在三个枝杈间睡觉，呼声震天。

最开始傻子并不住在这里。十几年前他住在东城，那时的东城和一个大村落没有什么区别。晚上他睡在柴草垛里，

属于儿子的八个烧饼

他认为柴草垛暖和得就像一个美好的火炉。某天有推土机悄悄地铲起那个柴草垛,那天傻子惊惶地逃走。后来傻子住进一个破旧的祠堂,可是没几天推土机就跟了过来。傻子一点一点地后退,推土机一步一步地追随,到最后,傻子想进城讨饭,需要步行二十多里路。最后傻子不得不搬到了西城。西城人少,街道宽敞,傻子很是满意。可是推土机很快逼近,它推倒一座座房子,又在原地盖起一座座一模一样的房子,傻子听人说那叫翻新——就像宋朝人翻新秦长城,就像明朝人翻新宋长城,等等。这道理傻子不懂,这道理傻子也不想弄懂。可是傻子没有住处,每一天他都惊慌失措。

傻子终于发现那棵柳树,柳树给傻子一种亲切感和安全感。他在柳树下铺起破烂的棉絮,扯起挡雨的塑料纸,甚至垒起两块石头当成吃饭的桌子。傻子把这里变成一座城堡,他是城堡的君主或者居民。可是两天以后,他的城堡就被人无情地摧毁。摧毁城堡的是两个穿着制服的人,傻子站在不远处战战兢兢地看,待他们离开,傻子才敢放声大哭。当天晚上傻子就爬上了树,傻子睡在树上,他认为树上比树下安全,他感觉树上是世界上最舒适最美妙的地方。那时已是秋天,傻子认为城市里的四季一个模样。

偶尔会有人来惊扰傻子。在夜里,他们喝高了酒,站在柳树下呕吐或者方便。傻子从树上跳下来,朝他们嗷嗷怪叫。傻子说不准弄脏我的院子!那些人就乐开了。院子?他们醉醺醺地笑,这城市哪里还有院子?

制服们早知道夜里傻子睡在树上。他们驱赶过几次,可是傻子很快就会不屈不挠地返回。于是制服们不再理他——反正是在夜里,反正是在树上,反正城市美丽的夜景并不计较一棵树和一棵树上的一个傻子。

可是有人计较。她是一位女孩。几天前她盘下了柳树对面的杂货店。晚上她站在柜台里,抬头,就能看见昏黄路灯下的柳树和昏黄柳树上的傻子。傻子光着膀子穿着裤头蜷着身子打着呼噜,他的睡姿无比放肆。

女孩对她的男朋友说,夜里柳树上睡着人。男孩说,是个傻子。女孩说,你让他离开。男孩说,他又没惹咱。女孩说,可是他让我不舒服。男孩问,他怎么你了吗?女孩说,没怎么我我也不舒服……明天,你找个猎枪,把他像鸟一样给打下来。

男孩深爱着女孩。自己的爱情和傻子的巢穴,他当然会选择前者。不过男孩既不会找个猎枪把傻子像鸟一样打下来,也不会像制服们那样瞪起眼睛恐吓傻子。男孩大学毕业,他认为自己有着很高的素质和智商。男孩想了一夜,第二天果然有了办法。

下午他找来一些剩油漆和一把秃了毛的扁刷,趁傻子不在时,在树干上涂鸦一番。他躲进女孩的小店,耐心地等待着傻子。黄昏时傻子迈着正步唱着歌儿归来,他在距柳树几米远的地方愣住。傻子盯着柳树看了很久,突然号啕。他跑上前,搂抱着树干,忧伤地亲吻着古老干裂的树皮。然后他跟柳树告别,转身离开,一路泪水挥洒。

……树干上画着一个白色的圆圈。圆圈里写着一个白色的汉字——拆。

属于儿子的八个烧饼

春天里

春天里,黄昏里,她在等他。

她烧好菜,坐在餐桌边。餐桌上摆了高颈花瓶,玫瑰娇艳妩媚。花香袭来,扯成丝,旋出波浪,她站起来,去厨房,找几只碗,将菜扣起。她动作轻盈,如一尾多情的鱼儿。四菜一汤,荤素搭配,她盯着那些菜,幸福在脸上悄悄漾开。她趴到窗口,静静地瞅着窗外,晚霞斜照,花影灿烂,天空浮云掠过,世间绯红。她回来,重新回到餐桌前,又掀开碗,看盘子里的菜。每一道菜都无可挑剔,她相信他会胃口大开。

他还没有回来,她面露急色。将菜端进厨房,想热一热,终是算了。他不喜欢热过的饭菜,尽管他不说,尽管他努力装出可口的表情,可是她知道,他很累,他腰酸背痛,可是他仍然不说。他走进屋子,带回笑,带回鱼鳞和鱼腥。他像鱼般生活在大海里,黝黑的皮肤,犹如鲨鱼的脊背。

他们相识，相恋，像海浪亲吻沙滩般自然。她提了竹篮赶海，他下船，经过她的身边，宽大的脚板将松软的淤泥踩出一个个踏实的脚窝。一只蟹从脚窝里憨头憨脑地逃出，她伸手去捏，蟹紧紧将她的手钳住。她惨叫，甩手，跺脚，脸色煞白。他折回来，说，嘘。中指在蟹壳上轻轻一弹，蟹听话地落下。她抬眼望他，他笑，牙齿闪烁出白瓷般坚硬的光芒。是春天，是黄昏，晚霞斜照，花影灿烂，天空浮云掠过，海浪拥抱礁石，世间绯红。她的脸颊，炭火般滚烫。

今天她衣裙鲜艳，面容娇美。

她再一次站起，走到窗前，踮起两脚。晚霞正浓，春意盈然，云彩扯成丝线，打开窗子，她闻到若有若无的海的气息。她还听到海浪亲吻沙滩的声音，海鸥追逐嬉闹的声音，渔公喊起号子的声音，花儿悄悄绽放的声音。回到餐桌前，她任大海的气息和声音将自己彻底融化。然后，她的表情一点点黯淡，她知道，这个黄昏，他不会回来。他还在大海里颠簸，连同他的声音，她的思念，他们的爱情。

最后一次趴到窗口，天暗下来，花影渐渐模糊，灿烂的世间终有了灰色的调子。叹一声，回来，餐桌旁，她见到男人。

你是谁？她问。

男人笑笑，说，他还在海上忙，今天不回了。

你是我弟？

男人点点头，说，先吃饭吧！

他们开始吃饭，无语。玫瑰悄悄绽放，花香弥漫。男人是她的丈夫，她和男人，全都年过花甲。那个黝黑的他是她死去的前夫，他在30年以前，消失在风浪中。

可是三年以前，她突然坚信他没有死去，坚信她20岁。她思维混沌，表情却越加娇美。春天里，每个黄昏，她都要烧好菜，等他。男人候在旁边，不说话，不阻拦，不揭穿。不管如何，她陪了男人30年，男人知道，她爱他，她也爱他。

就足够了。

社会万花筒之中国微小说系列丛书

打　捞

　　全村人都在打捞胖婶的儿子。胖婶的儿子，淹死在池塘里。

　　每个黄昏胖婶和儿子总要来到池塘边。池塘里开满粉的荷花，荷叶像张开的绿色的篷船。胖婶看着儿子，说，儿，荷花漂亮吗？荷叶好看吗？儿子不答，胖婶就绕着池塘慢慢散步，心里想着她的男人。儿子或跟在她身后，或跑在她身前，或站在原地，静静地等她。开窑的男人前年从拖拉机上栽下来，脑袋直直戳向地面，没来得及跟任何人打招呼，就一个人去了。他给胖婶留下一大笔钱，那笔钱足可以让一百个胖婶在下半生过上衣食无忧的生活。胖婶有两个儿子，大儿子十六岁，在城里读着大学；小儿子六岁，守在胖婶身边，形影不离。

　　可现在六岁的儿子淹死了，胖婶伤心欲绝。

　　她说她不该只顾一个人绕着池塘走，却忘记身后的儿

属于儿子的八个烧饼

子;她说她不该给儿子戴一个粗粗的金项圈,不然的话,儿子或许还能游上来;她说在那时,她应该跳下池塘救起儿子而不该吓得只剩下号啕;她说我的儿子走了,家里只剩下我,我可怎么活呢?

她失去了儿子,她很可怜。她花大价钱买下池塘边的一块地,立起一座坟。坟敞着,那里没有儿子的尸体。

全村人都在打捞胖婶的儿子。

池塘被搅得淤泥翻滚。荷花们翻了肚腹,荷叶被扯成碎片。人们扎起猛子,半天不见,又突然从污水里钻出脑袋,一张脸憋得通红。可是池塘里没有胖婶的儿子,没有金项圈,那里只有淤泥和藕根。池塘被翻地三尺,那几天里,村里家家的餐桌上,都有一盘炒藕根或者炸藕合。

黑婶的儿子在池塘里捞了三天。他捞上来一百多斤藕根,却捞不到胖婶的儿子。黑婶说别捞了,胖婶的儿子也许被鱼吃掉了。黑婶儿子说怎么能不捞呢?一万块钱啊!一万块钱就装在胖婶的挎包里,胖婶坐在坟头,哭着嚎着,等着儿子的尸体。一万块钱,村人两年的收入。

黑婶和胖婶,说起来还沾亲带故。她们同一年里嫁到这个村子,又在同一年里失去男人。不同的是,黑婶又瘦又小,胖婶又白又胖;黑婶穿着俭朴,胖婶穿金戴银;黑婶的男人是病死的,胖婶的男人是摔死的;黑婶唯一的儿子在村子里种庄稼,胖婶的大儿子却在城里读着大学。

那些天,除了吃饭和睡觉,黑婶儿子都把自己泡进池塘。他的皮肤被淤泥染成黑色,他的身体散发出藕根的甜甜

73

气味。每一次他都满怀希望地扎下去，每一次他都是垂头丧气地浮上来。他看着胖婶的眼睛，那眼睛在他浮上来的霎时失去光泽，就像两个空空的孔洞。

胖婶坐在空坟前哭泣。她在几天之内老去，皱纹将一张脸挤得变了形状。黑婶儿子空着两手爬上来，说，怕是真被鱼吃掉了。胖婶就捂了脸。她的头埋得很深，指缝间亮晶晶一线。她的肩膀剧烈地颤抖。

肉吃了，还会留下骨头；骨头吃了，还会留下金项圈。胖婶的儿子就在池塘里，这毋庸置疑。还得捞。

黑婶儿子终在第六天的时候将胖婶的儿子捞出。是傍晚，天有些凉，池塘里只剩下他一个人。是在池塘的边沿，几乎所有人都是从那里跳下水的，那里便成了最容易被忽略的地方。黑婶儿子的手将淤泥犁开一尺，摸到一个滑溜溜冷冰冰的东西，心就怦怦地跳起来。他浮出水面，冲着紧皱眉头的胖婶说，找到了。他深吸一口气，就像一棵紫色的萝卜般沉下去。他结实的脚踝打起一个水圈，水圈轻轻荡动，扩散整个池塘。胖婶捂住眼睛，她说他也许潜下去一百年。后来胖婶终于看到了她的儿子。她的儿子肿胀惨白，四肢奓开，五官密集，金项圈深深卡进脖子。她的儿子被两只手高高举起，那两只手上沾满着腥臭的淤泥，滴着灰色的水。然后那两只手开始急切地抓挠，又无奈地沉了下去，水面上只剩下她的儿子。儿子浮在水面上，宛若一个吹起的充气娃娃，又像一艘小巧的皮划艇。可那不过是一条狗。一条普通的农村草狗。胖婶一直把那条狗叫作儿子，却把城里读书的

属于儿子的八个烧饼

儿子叫作狗崽。

那天,胖婶得到死去的儿子,黑婶得到一万块钱。

池塘终于恢复平静,淤泥散去,池水微蓝。一年以后池塘里长满香蒲,微风吹过,哗铃铃响成一片。池塘边待着一座小坟,走着牵了狗的黑婶。每个黄昏,黑婶准时牵着她的狗来散步。黑婶坐在池塘边,抚摸着她的狗,满是皱纹的嘴唇轻轻颤抖。黑婶说,香蒲好看吗?儿子。

社会万花筒之中国微小说系列丛书

蝗　灾

　　一团黑云从北方滚过来，压在低空，很快分散，又很快聚合，直接扑向绿的田野。黑云在田野中撒野，像一匹匹疯狂的兽，你甚至可以看到它扭动的四肢和锋利的牙齿。然后它迅速离开，庄稼只剩下可怜的筋骨。又一团黑云滚来，再一次将青苗蹂躏，再一次迅速离开。那庄稼，便连筋骨都不存在，只剩下埋在土里的可怜的须。

　　光棍汉狗皮坐在田埂上。他没有动。不断有蚂蚱从那片黑云里撕扯出来，撞上他的身体，收了翅，重重落下。狗皮想，完了。他从地上拾起一只掉队的蚂蚱，看看，放进嘴里，使劲咀嚼。他的牙齿将蚂蚱腰斩，断成两截的蚂蚱还在拼命挣扎。上半身扭动，下半身蹬踢，扎伤他的舌头。狗皮嚼一会儿，烦了，啪，吐出一口深绿微紫的黏糊。狗皮说，真完了。

　　狗皮不想饿死。他决定逃荒。他翻出一根扁担，紫红色

属于儿子的八个烧饼

宽宽的扁担,像一面镜子般,照着他狭长苦难的脸。他挑起他的家什——其实也没有什么家什——上路了。

狗皮走得很快,那是真正逃荒的样子。他想快些走出这片蝗区,他想快些看到青灵灵的玉米和花生。他走了三天。三天,他没有看见一棵完整的青苗。

偶尔狗皮会见到和他一样逃荒的人,无精打采,拖家带口,拿无神的眼瞅他。狗皮不理,继续走他的路。晚上狗皮睡在野外,精神高度紧张。荒年出悍匪,这道理狗皮懂。尽管他身上没有可抢的东西,但狗皮想,杀人,不一定非得越货吧?

狗皮的脑子里,像爬满了蚂蚱,烦躁不安。

狗皮饿了,他的胃中早已空空。也渴,嗓子冒出青烟。狗皮来到一个村子,很大的村子,却没有一户人家。狗皮走在尘土飞扬的村中小路,垂头丧气。忽然狗皮看到一口井,他飞奔过去,趴在井沿,却看不到水。那是一口干涸的井,一只青蛙好奇地看着他。

狗皮放下扁担,有些恼火。无数只蚂蚱在他的脑子里飞,像一架架盘旋的直升飞机,撞击着他的脑壳,吮吸着他脑子的汁液。狗皮伤心地坐在那里,睡着了。他做着梦,到处都是蚂蚱,到处都是黑云,到处都是杀人越货的匪,面前到处都是锋利的牙齿和尖刀。狗皮的肩膀被人狠狠地拍了一下,他醒了,转身,然后,他真的看到,胸膛那儿,顶着一把雪亮的刀——菜刀。

狗皮弯腰,缩脖,闪躲,提扁担,抡圆,猛挥出去。扁担重重砸中来人的脑袋。来人被他砸飞，未及喊叫，便准确飞进那眼枯井。狗皮听到井的深处发出一声沉闷的声响，像尸体跌进地狱。

狗皮没命地跑。他顾不上拾起他的家什。他知道这附近曾经活跃着一群匪，每人手持一把雪亮的菜刀。他知道匪帮不可能只有一人出来干活。他拼命逃，拼命逃。他摔倒了，扁担扔出很远。他顾不上拾起他的扁担。他逃进了一片小树林。那片树林，只剩下光秃秃的枝干。

狗皮在那里，躲了五天。五天时间里，只有夜间，他才敢溜到附近红薯地里，扒几根小指粗的红薯，擦擦土塞进嘴里。只有埋在土里的红薯，才会幸存。狗皮想着，脑袋里，再一次钻进成千上万只蚂蚱。

狗皮安全地度过五天，然后继续上路。他不知道自己应该往哪里走，他没有了家什，也丢掉了扁担。狗皮也不知道自己走了多久，所到之处，全是光秃秃的田野和空无一人的村子。狗皮想，也许自己，会死在逃荒的途中。也许蚂蚱，会像啃一棵青苗般，啃光整个地球。包括泥土，以及岩石。

终于狗皮看到一间冒烟的房子。房子在村子的一角，敞着门，似在迎接狗皮的到来。狗皮闻到一股香喷喷的玉米饼子味儿，这让他饥饿的胃，抽搐起来。狗皮进了屋子，一位男人正站在灶前，向外拿着饼子。男人盯着他看，他也盯着男人看。男人说，来一个？狗皮说，好。男人就给了他一个饼子。狗皮三口两口吞咽完，再一次盯着男人。男人说，再来一个？狗皮说，行。男人又给了他一个。第二个吃完，狗

属于儿子的八个烧饼

皮还是盯着男人。男人说，干脆你坐下来吃算了。狗皮说，怎么好意思？手和嘴，却急不可耐地动作起来。

狗皮一连吃掉七个，肚子像一只生气的蛤蟆。男人说饱了？狗皮说，是，谢谢。男人说逃荒？狗皮说是，闹蝗灾啊……你怎么不逃？男人说我有吃的，能吃到明年这时候，为什么要逃？狗皮说你真行……看你的样子，不像庄户人。男人说是庄户人，不过农闲时，做些别的。狗皮说做什么。男人说打铁。狗皮说打什么。男人说打菜刀。狗皮说怪不得我看门口有个小铺……怎么炉子灭了？男人说几天前我挑了菜刀去卖，到一个村子，好不容易看到井边坐一个人，我把他拍醒，可他一扁担把我打飞！好在我命大。可这手，断了。男人抬抬他的右手，笑笑。

狗皮站起来，往外走。男人说不带上点儿？狗皮说行。男人就用左手给他包了三个饼子。狗皮说你的手能不能好起来？男人说能吧，谁知道？狗皮说那我走了，谢谢你。

狗皮走到门口，看一眼那个铁铺，再看一眼天空。不时有黑云翻滚过来，让狗皮的脑子，又痛又乱。这时狗皮感觉身后颤起尖锐的呼啸，未及回头，就感到腰部挨了重重一下。狗皮跟跄几步，险些跌倒。

男人站在他的身后，高高似一座铁塔。男人说，两清了。带上你的扁担，路上用得着……

那扁担很宽，紫色，亮得似一面镜子，照着狗皮狭长且苦难的脸。

回　忆

有些经历，每一次回忆，都会不同。

……我走进戈壁，寂静，空旷，让我的两腿，不知该迈向哪里。一眼就可以看到很远，沙土、石头，鬼鬼祟祟的老鼠，只剩骨架的骡马。不远处有一棵枯树，树干极细，就像一只伸向天空的胳膊。谁也不会想到那样细的树干后面竟然藏着一个士兵。士兵头戴钢盔，食指早已搭上扳机。他在等我。也许在他眼里，我早已变成一个死人。是这样，那一刻，我认为自己必死无疑。我从肩上摘下步枪，拉动枪栓，扣动扳机。子弹咬中他的肩膀，他晃了晃，继续端着枪，继续向我瞄准。我端着枪冲上去，刺刀捅进他的腹部。他轻哼一声，眼睛里溅出鲜血。我将刺刀往上挑拉，慢慢地，一点一点地，终达他不断抖动的咽喉。我听到刺刀破开皮肤、肌肉、骨骼和内脏的声音，我看到他终于倒下，泪飞如雨。我守在那里，看他一点一点死去，然而他的死去那般漫长，令

属于儿子的八个烧饼

我昏昏欲睡。一只鹰从天空掠过,起了风,沙砾砸上他的钢盔,火星四溅……

每隔一段时间,他就将这段经历讲给战友们听。单枪匹马,狭路相逢,勇敢无畏是经历的主题。

这主题让他和他的战友们放松并且骄傲。

可是每一次,他的讲述都会不同——当他努力回忆,他的脑子里便会多出一些曾经被他忽略的细节。

……他躲在那棵极细的树干后面。也许不是躲,他只是坐在那里休息。膝盖上放着一张照片,照片上,一位美丽柔软的女孩依偎在他怀里。他的步枪横放地上,他的两手毫无意义地搭在一起。看到我,他愣了愣,慌慌张张地拾起步枪,跳起来,向我瞄准。他动作拙劣,可是他还是将枪口对准了我的额头。那一刻我仿佛听到撞针撞击子弹的声音,子弹蹿出枪膛的声音,我仿佛看到子弹冲出枪膛,然后,一点一点击穿我的脑袋。我不敢动,我想我必将死去,我想甚至,我连做俘虏的资格都没有。可是他的枪迟迟不肯响,于是我冲上去,一边跑一边胡乱地开了一枪。我将刺刀捅进他的肚子,我将一只脚踩上他的肩膀。他静静地看着我,眼睛里充满恐惧、不解、悲伤以及绝望。他至死都没说一句话,当他倒下时候,他亲吻了地上的照片。我守在那里,看他的手从步枪上移开,慢慢伸向怀中。当他再一次伸开手,他的手里,多出一块巧克力。他被吓傻了,也许他将巧克力当成了子弹……

即使退役,他也需要将这段经历讲给他的朋友、妻子甚

81

至孩子们听。故事让朋友们可以顿着酒啧称赞他,让妻子和孩子们可以在骄傲中睡去。然而,故事再也不能够让他骄傲。

因为每一次,他的讲述都会不同——当努力回忆,他的脑子里便会多出一些曾经被他忽略的细节。

那些细节让他恐惧,让他哀伤,让他几近崩溃。

……他完全有机会将我射杀,可是他没有。他倚着树干,静静地休息。也许他迷路了,他走不出茫茫戈壁,他需要一个伙伴同行。也许在死亡面前,他认为,所有人都是伙伴。他端起步枪向我瞄准,他的手指只需轻轻一勾,我就将悄无声息地倒下。他瞄了很久,这样的时间甚至可以杀死然后肢解一头水牛。我解下肩上的步枪,他没有开枪;我拉动枪栓,他没有开枪;我射出子弹,他没有开枪;我冲了上去,他没有开枪;我将刺刀捅进他的肚子,他没有开枪。也许最后一刻,他后悔了,他想开枪,可是,晚了。死去之前,他拼尽全身力气,为我掏出一块巧克力。他想干什么?将巧克力送给我?让我将巧克力捎给他的未婚妻?我不知道。总之他死去了,像一位猎人终被他的猎物杀死。他死以后,我在那里坐了很久,直到他的身体彻底冰冷。他的下巴有一颗痣。他甚至没有长出男人该有的喉结……他其实,还是个孩子。我检查了他的步枪,枪膛里,子弹排列整齐……

即使多年以后,他也需要将这段经历反复地讲——他的国家需要这样的英雄和故事。可是每一次,他都能想起曾经被忽略的细节。那些细节有时是眼神,有时是巧克力,有时是子弹,是呻吟,是沙土,是尸体……那些细节让他恐惧,让他在梦里，一次次与那个死去的孩子如影相随。

终于，他紧紧闭上嘴巴。他不再向任何人讲起那段经历，他劝自己说，那经历属于别人，与他无关。

可是，没有用。那个死去的男孩夜夜与他纠缠，终有一天，在夜里，他痛苦地死去。他用刀子将自己拉开，从小腹，一点一点往上，终达咽喉。

临死前，他对自己说，他终于，找到了我。

社会万花筒之中国微小说系列丛书

假 的

  外乡人在小镇热闹的集市拉开架式。他先用半根粉笔在地上画一个椭圆，然后从随身携带的松木箱子里掏出酒杯、扑克牌、铁圈、钢刀、铜锣……他"咣咣咣"地敲起铜锣，引来十几个正闲逛的小镇居民。"各位父老乡亲！"外乡人拍拍赤裸的胸膛，鼓着腮帮子说，"在家靠父母，出门靠朋友……有钱的捧个钱场，没钱的捧个人场……下面给大家变个戏法，空杯变鸡蛋。"
  围观的人群开始起哄。"假的！"有人扯开嗓子喊。
  外乡人抱抱拳，说："虽然戏法变出的东西是假的，但是戏法本身却是真的……"
  "假的假的，不看不看！"那个人喊，"要来就来个真的！"
  "那我就给大家来套真的，硬气功！这可是日久天长练出来的。"外乡人收起空酒杯，从地上拣起一块砖头，递

属于儿子的八个烧饼

给旁边一位年轻人。"你检查一下这块砖头是真是假。一会儿,我用手指把这块砖头钻出一个洞!"

"假的!"年轻人看也没看他的砖头。

"没看怎么知道是假的?"外乡人说,"这可是我刚才从镇西的建筑工地上捡来的。"

"不用看也知道是假的。"年轻人说,"要不就是你的手指是假的。"

外乡人把食指伸到年轻人面前。"你怎么证明这是假的?"

"不用证明也是假的。"

"假的能这样弯曲吗?能这样动吗?"外乡人有些急了。

"障眼法呗。"年轻人说,"我们都懂,这叫障眼法。假的!"

"你摸一下。你摸一下这手指软不软,热不热?"外乡人几乎把手指捅上他的脸。

"不用摸,假的!"年轻人躲闪着,固执地说。

"好!"外乡人突然大叫一声,"那么今天,我就既不变戏法,也不演硬气功,我今天给大伙来一个绝的。刀刀见血!"

"哧!"又是一片倒彩声。

"就是用这把刀子,把我胳膊上的肉一块一块往下割!"外乡人从地上拾起砖头,又抓起旁边的钢刀,大吼一声,钢刀闪过,砖头被削成两半!

"假的!"有人喊。

"你检查一下这把刀。"外乡人的眼珠子都红了,他冲喊话的人说,"假的能削断砖头?"

"砖头是假的。"

"刀呢?"

"刀也是假的"

"那好,你用这把刀割自己两下试试。"

"不用割也知道是假的!"

外乡人的眼泪都快急出来了。"老哥,这刀可是真的啊!"他可怜巴巴地说,"这可是我的看家本领了。我把自己割得血淋淋的,怎么能是假的?"

"假的!"

外乡人痛苦地扭曲着脸。他把刀硬塞到一位长着络腮胡子的男人手里。"你捅我两刀!"他说,"快捅我两刀!"

"捅你两刀干什么?"络腮胡子大为不解。

"我要以死来维护我的尊严!"外乡人圆瞪二目,"不敢捅?不敢捅就证明刀是真的。"

"根本不用证明。"络腮胡子不紧不慢地说,"捅不捅,刀都是假的。"

外乡人扑上去,想要掐住络腮胡子的脖子。络腮胡子用握了刀的手一挡,外乡人就抓紧他的手连同他手里攥着的钢刀,"扑哧"一声,捅进自己的肚子。

这下事情闹大了。

鲜血从刀口里流出,散发出恐怖的浓重的腥味。外乡人倒退几步,坐在地上。他一只手捂着自己的肚子,一只手指着络腮胡子,嘴唇哆嗦着,"是你,杀了我……"

"我可没杀你。"络腮胡子脸上挂着笑,没有丝毫惊慌,"是你自己把刀捅进去的。"

"可是你说我的刀是假的。"

"你的刀本来就是假的。"

"我要死了,你还说我的刀是假的?"

"假的!刀是假的,死也是假的。"

外乡上躺在地上,剧烈地挣扎。几分钟后他的眼睛慢慢闭上,一条腿轻轻地抽搐。终于他彻底不动,胸前积着一洼黏糊的血。

"真死了?"络腮胡子问围观者。

"假的!"围观的人群一起喊。

人们很快散去,再也没有人理睬躺在那里的外乡人。外乡人的尸体在阳光的暴晒下一点一点肿胀,又一点一点变冷。偶尔会有路人被他的尸体绊一下,转过头,看看他,低声说:"死人?"又马上提高嗓音,"假的!"

外乡人的尸体,在那个集市上整整躺了一天。傍晚时候,一位女人差点被他的尸体绊倒。女人回头看,立刻掩住惊恐的脸。

她急跑两步,拽住一位恰好从这里经过的警察。"那里有个死人!"女人战战兢兢地说,"那个人死得好可怜。"

"假的!"警察看了看外乡人的尸体,说。

"假的?"女人拉警察来到尸体旁边,说,"他都发臭了。还有,你看,他身上都有尸斑了。"

"假的!"警察掩了鼻子。突然他想起来什么,问女人,"你不是本地人吧?"

"我偶然经过这里。"

"怪不得。"警察说,"他也就能骗骗像你这样的外乡人。"

女人哭起来。她一边哭一边小声地自言自语,大意是说那个外乡人死得好可怜,死了这么久,不仅没人为他收尸,并且没有人相信他已经死去。女人越哭越伤心,似乎即将气绝身亡。

"好啦!"警察不耐烦地说,"我最见不得女人哭!"他从口袋里捏出几张钞票,塞给女人。"如果你好心,你就用这点钱找几个人把他弄走然后把他葬了。"说完,转头就走。

外乡人的尸体突然蹦起。他抢过女人手里的钱,看一眼,撕碎,将碎屑狠狠地砸向警察的后脑勺。

"假的!"外乡人气愤地喊。

镜　子

我恐惧、不安，走在街上，如芒在背，躲进屋子，坐卧难安。到处都是眼睛，我无处可藏。

只因一次聚会。

聚会上我认识了一个男人。女友给我介绍说，这是她的同乡。握手，寒暄，没感觉什么特别。然后，第二天，在超市里，我再一次遇见他。

我推着购物车，他挎着购物篮，我们不期而遇。他主动跟我打招呼，说，您好。我点头，微笑，两个人擦肩而过。走出很远后，我发现一个将我惊出一头冷汗的问题——说"您好"之前，他正盯着货架。换句话说，他先响亮地说出"您好"，然后才扭头看到我。这显然不符合逻辑。

假如仅此一次，我绝不会想太多。可是第二天，在一间酒吧，我再一次遇见他。他独自坐在角落，手里晃着一杯红酒。看到我，他笑笑，冲我举举酒杯，却没有说话。目光相碰，我分明感觉出他的不安。

他不安，因为他被我发现并且识破。这毫无疑问。

几天以后，我站在阳台上，看到一个非常像他的背影。背影站在冬青丛里，一动不动。我去书房冲一杯咖啡，再回到阳台，背影就不见了。这让我相信与他的三次相遇绝非偶然——这绝对与那次聚会有关，与我的女友有关，与我的前任女友有关。

认识现任女友以前，我曾交过一个女友。直到现在我们还保持着联系，所谓藕断丝连，正是如此。我知道我的现任女友跟踪过我几次，可是她没有找到任何证据。那么，现在，她肯定换了一种方式。这个总是在我面前出现的男人，便是她的眼睛。

更可怕的事情接踵而至。有一次我在住处吃掉半个榴莲，第二天女友问我，昨晚你吃榴莲了？我说，你猜的？她说，现在嘴里还有臭味呢。然而这是不可能的。24个小时里，我又吃了三顿饭，刷了三次牙，我的嘴里不可能存有榴莲的气味。又一次，我躺在床上读了半本书，第二天女友问我，书好看吗？我说，昨天我睡得很早。女友就笑了。她说，你眼睛里的血丝早把你出卖了。我跑到镜子面前，我没有发现我眼睛里的血丝。问她，她说，现在没有了，可是刚才还在。

这太不正常。女友知道我吃榴莲，知道我读了什么书，甚至后来，知道我穿了什么颜色的睡裤，知道我临睡前给谁打过电话……我想合理的解释只有一个——我无时无刻不被

属于儿子的八个烧饼

她窥视。她派出那个男人尾随我,又在我的住处安装了摄像头。我安慰自己说,什么都没有关系。她雇人跟踪我,我可以不出门,或者即使出门,也可以将那个男人甩掉;她偷装了摄像头,我可以将这些摄像头找出来,然后当面质问她为什么要这样对待我。

我几乎将我的住处像柳筐一样倒过来拍打:沙发缝里,防盗门上,相框里,冰箱里,书架上,抽屉里,窗帘后,花瓶里,闹钟里,暖气片间……我没有找到摄像头。我开始寻找更为隐蔽的地方:马桶里,天花板上,拖鞋里,床底下,电表里,杂志里,枕头里,暖壶里……我仍然没有找到摄像头。可是我相信摄像头就藏在我的周围,就像我相信跟踪我的男人就藏在我的周围。我陷入到无边无际的恐惧与不安之中,每天夜里,我无法入眠。

屋子里真的没有摄像头——这是我一连检查几遍以后得出的结论。屋子里肯定有摄像头——这是我对目前处境坚定不移的判断。可是摄像头,它们到底藏在哪里呢?

镜子!我从沙发上突然蹦起,整个住处,只剩下镜子没有检查!

镜子挂在洗手间的墙上,每天,我都会照它几次:吃完榴莲,我会去镜子面前洗手刷牙;读书读到内急,我会拿着书,坐在马桶上继续翻阅。我站在镜子前面检查自己的皱纹,锻炼自己的表情,整理自己的仪表,我全无防范——摄像头肯定藏在镜子后面——怪不得每次看到镜子里的自己,都感觉那不是我——怪不得每次照镜子,都莫名其妙地紧张。

冲进洗手间，一拳挥向镜子。镜子被击得粉碎，可是镜子后面只有墙壁。屋子里的最后一个角落，仍然没有摄像头。

我看到我鲜血淋漓的手腕。

我被送进医院，却不是医治外伤，而是医治精神。我在精神病医院度过三个多月，我认为自己不需要任何治疗。从医院出来后的第一件事就是去超市买一面镜子。——尽管我对镜子仍然心存恐惧，可是生活里，不能没有镜子。

在超市里，我再一次遇到那个男人。

他推着购物车，我拎着购物篮，我们不期而遇。其实最开始我并没有看到他，我看到的，只是超市货架上的镜子里面的他。我主动跟镜子里面的他打招呼，说，您好。然后我才扭过头去，冲他微笑。我看到，他吓了一跳，表情惊恐，推着购物车的手，明显抖了一下。我还看到，他的右手手腕，缠着厚厚的渗出血丝的纱布。

属于儿子的八个烧饼

穿过正午的马车

马车上铺满厚厚的稻草,碎屑和灰尘在阳光里盘旋飞舞。马车颠簸在夏日正午的山间小路上,呱嗒呱嗒,呱嗒呱嗒。眯着眼,一指缝隙里,我看到老人颤起的鞭梢和一匹马健硕的屁股。突然老人喊一声"吁",跳下车,寻一根棍子,将马遗落的粪便拢起,又在车厢里寻一个破旧的蛇皮口袋。棍子又细又软,老人几乎用手将几粒粪团抓进口袋。老人将口袋扔到我身边,抱歉地说,嫌吗?我说没事。老人就笑了,所有的牙齿都在牙床上摇摆或者飘扬。老人说这世上只有人粪臭不可闻。老人说所有的牲口粪都有一股发酵后的香味。老人说,酱香味。老人重新坐稳,喊,驾!鞭竿声东击西,鞭梢抖开成花。

尽管阳光暴烈,但躺在稻草上非常舒服。两腿搭上车轩,两臂枕在脑后,甚至可以轻哼一首曲子。我庆幸遇上老人的马车,否则,这样的正午,这样的土路,我想我可能会在路边晕倒。

　　做什么来？老人问。

　　采风。

　　采风？老人扭头看我。

　　就是随便转转。顺便看一位老同学。

　　哦。到哪里去？

　　镇上。

　　去镇上看一位老同学？

　　是这个意思。

　　哦，这样。前面不远，快到了。老人咳一口浓痰，点一根草烟，驾！驾驾！

　　宽大的轮胎击起一路黄尘。

　　一会儿，老人再扭头看我。

　　在城里做什么？

　　写字。

　　写字？

　　作家。

　　写书？

　　是。

　　报纸呢？

　　偶尔。

　　老人急忙喊住马，惶惶地跳下车，小跑到我面前，握住我的手。老人仿佛跪倒在神灵面前的圣徒，表情刹那间变得卑微并且虔诚。老人光着膀子，汗珠从他的毛孔里蜂拥而

属于儿子的八个烧饼

出,将宽大粗糙的紫黑色皮肤打湿。他的身体散发出浓重的牲口气味,又酸又甜,又腥又臭,阴,湿,黏稠,灰黑色,当当响着。

你得帮我。老人说,你一定得帮我。

我愣怔,愕然。怎么帮你?

因为你写报纸。老人说。

写报纸怎么帮你?

回去再说,边吃饭边说。老人松开我的手,身体伏低。他低着身子蹲上车轩,鞭梢急不可耐地击上马的屁股。后来我一直坚信,那个正午,那匹老马跑出了风的速度。

我坐在老人的炕头上吃饭,四菜一汤,大盘子大碗。老人开始讲他的故事,表情平静。他说他的儿子被镇长的小舅子捅死了,不是用刀子,用的是四齿粪叉。他说他的儿子身上有四十八个冒血的窟窿,他的儿子,挨了十二叉。他说他的儿子躺在炕上嚎了整整两天两夜,临死前他吓跑屋里所有的老鼠。他指指炕尾说,就躺在这里。我扭头,那里似乎真的躺着一位年轻的后生,后生被扎成可怜的蜂窝煤,身上的每一个孔洞,都鼓起红色绚丽的转瞬即破的气泡。

怎么这样?我问。

赶集时,镇长的小舅子白拿老乡东西,他看不顺眼,说了几句。打起来。镇长的小舅子顺手操起身边的粪叉……

怎么处理的?

黑白颠倒了。

怎么处理的?

95

说是防卫过当，判了几年。我想他明年就能出来。最晚后年。可是杀人得偿命，你说是不是？我死了儿子，他得偿命……

可是我怎么帮你？

你写报纸，你帮我写写。算我求你……即使不偿命，也不能颠倒黑白，是不是？是怎么回事，就是怎么回事。我儿子，他不是贼。真正的贼，是镇长的小舅子……

我低头喝酒。

你肯不肯？老人再一次低了身子。

我继续喝酒。

你到底肯不肯？老人的身子越来越低。

我将杯中酒一饮而尽，点头。好像我还说了一句"没问题"。我忘记我到底说没说。老人的老伴将筷子伸向盘子里的一只鸡块，老人狠狠地剜她一眼，那筷子立刻不动声色地改变了方向——盘子里的鸡块，屈指可数。

老人送给我一蛇皮口袋苹果。青苹果，圆圆溜溜，青瓷光，小得像鸡蛋。老人用他的马车送我到很远，踢踏踢踏，呱嗒呱嗒，踢踏踢踏，呱嗒呱嗒。老人站在土路远方跟我挥手，老人喊，回去别忘了写。他的皮肤在阳光下散开，那是一堆抖动的叠起的皱纹。我使劲点头，肩上口袋重若千钧。

那袋苹果伴我半程，终被我无奈地扔掉。我揉着磨出血泡的肩膀，看它们滚落一地……

每一天我都在想老人托我的事情，但是我无法办到。我不是记者，不是警察，不是法官。我只是作家。作家只是职业，既不是身份，更不是职务。我可以虚构出美好或者残忍，但我绝对做不到真实。我像一只流浪混迹在城市里的猫，我想，城市里，绝没有人在意一只猫的苦楚。

更何况，大多时，我的苦楚，其实那般虚伪。

在夜间，在清晨，在黄昏，在正午，我分明能够听到马蹄落上土路的声音，踢踏踢踏，呱嗒呱嗒，踢踏踢踏，呱嗒呱嗒……还有马粪的酱香，还有闪动着光泽的老人的紫黑色的皮肤……无数辆马车无数次穿越无数个正午，无数个老人向我投来无数个乞求的眼神……

那天回来时，镇长为我安排了轿车。他拍着我的肩膀，万般不舍地说，下次什么时候再见面，老同学？

社会万花筒之中国微小说系列丛书

剃　头

春节前，下了大雪。我和满仓缩在屋角，有一搭没一搭地闲聊。

我说满仓回家过年吗？满仓抱一本没头没尾的书边看边说，国外有个人，竟拿菜刀给自己做了阑尾炎手术。我说满仓，我问你过年回不回家？满仓说这家伙还没打麻药，只是嘴里咬着一根雪茄。我说满仓！满仓抬了头，额前的抬头纹张牙舞爪。我说你过年，回不回家？满仓好奇地盯着我，回家？这模样能回家？

"这模样怎么不能回家？""你说带什么回家？还像上次一样带两瓶矿泉水？""你少往脸上贴金。你上次灌的是自来水。你就骗你爹有本事。""那我爹还直说好呢。他早想尝尝城里的自来水。是我，实现了他这个心愿。""真不回家？""肯定不回。你回不回？""我也不回。""就是嘛，省下路费，咱俩还能喝点酒。""不是省

属于儿子的八个烧饼

路费,是根本没有路费。""你说那个外国人怎么能拿菜刀给自己做手术?""哪国人?""巴西人。""扯淡。巴西人不用菜刀。过年咱俩干什么,满仓?大年初一也出去捡垃圾?""肯定不出去。过年咱俩喝酒。他是用剪刀割的吧?""他用什么割的关你屁事?雪该停了吧?""停不了。天气预报说,这雪要下半个月。""那咱俩吃什么呀,满仓?""吃什么?喝风吧!"

雪果真下了半个月。我和满仓像两只冬眠的熊,每天躲在屋里,不安地舔自己的爪子。雪掩埋了城市的马路,城市的冻青丛,城市的垃圾箱,城市的肮脏和繁华。后来雪终于停了,我们再一次看到冻僵的太阳。那天正好是年三十,我说满仓咱们还出去吗?满仓说不出去了。我说明天呢?满仓想了想,他说明天再说。

我们掏出所有的钱,满仓算了算,说,有酒有肉,挺丰盛。我揣着钱往外走,却被满仓喊住。他说你买了酒菜早点回来,给我剃个头。我说这是理发店的事吧?满仓说我还有钱去理发店吗?我说可是我不会剃啊,在农村我连羊毛都没剪过。满仓说很简单,横平竖直就行了。我说我怕手一哆嗦,连你的脑袋都剃下来。满仓说你可真啰唆。快去快回,给我剃头!

我没有快去快回。我把钱分成三份。一份买了几瓶白酒,一份买了一些下酒菜,一份买了半只烧鸡。我蹲在路边,一个人把那半只烧鸡吃得精光。怕满仓闻到酒味,我没敢喝白酒。不过我还是喝掉一瓶啤酒,尽管我认为啤酒有一股猪食缸里的味道。天很冷，啤酒更冷，我的身体不停地抖。我边抖边吃，边吃边抖。有人从我面前走过，碰翻站立的啤酒瓶。一滴水从高处落下，正好砸中我的眼角。我讨厌那滴水，它看起来像我的眼泪。

回去时候，天已擦黑，街上响起稀稀落落的鞭炮声。我提着两个方便袋，推开门，就看到一只怪物。

怪物长着满仓的样子，脑袋像一个足球，像一只绿毛龟，像一堆牛粪团，像被剥皮的土豆，像被摔烂的茄子或者冬瓜。怪物满脸碎发，一双眼睛从碎发里洇出来，错综复杂地瞪着我看。怪物手持一把锈迹斑斑的剪刀，剪刀上黏了至少两块头皮。我说满仓你怎么不等我回来给你剪？满仓说等你回来？我这脑袋还能保住吗？

屋子里只挂了一只十五瓦的灯泡。仅靠这点微弱的光，我想即使剃不掉他的脑袋，至少也能剃下他半斤瘦肉。

满仓一手操剪刀，一手举一块碎玻璃，仔细并笨拙地给自己剃头。那块当成镜子的玻璃片好像毫无用处，因为他不断把剪刀捅上自己的头皮。他剪几剪子，转头问我，怎么样？我说，左边长了。他就剪左边，龇牙咧嘴，痛苦不堪。过一会儿，再问我，这回怎么样？我说，好像右边又长了。他就再剪右边，咬牙切齿，碎发纷飞。我说别剪了满仓，你快成葫芦瓢了。满仓顽固地说，必须剪完！

很晚了，我和满仓才开始吃年夜饭。我们开着那台捡来的黑白电视机，可是荧屏上雪花飞舞，根本看不到任何影像。满仓骂一声娘，喝一口酒；喝一口酒，骂一声娘。他的脑袋不停地晃。那上面，伤痕累累。

酒喝到兴头上，满仓非要和我划拳。他总是输，就不停地喝。后来他喝高了，偶尔赢一把，也喝。满仓低着头，一边展示他的劳动成果一边说，你说我和那个割自己阑尾的巴西人，谁厉害？

我站起来，握起拳头猛砸那台可恶的黑白电视机。我说你厉害。因为你还得考虑美观。可是我搞不懂，你为什么非要在今天剃头呢？满仓听了我的话，抬头看我。那时电视机正好显出影像，我看到赵忠祥手持话筒恋恋不舍地说，明年除夕，我们再见。

满仓向赵忠祥挥挥手。他低着声音说，记得小时候，家里穷，过年时，没好吃的，也没好穿的，爹领我去剃个头，就算过了年。说话时，38岁的满仓就坐在我的对面，可是他的声音，似乎飘到很远。飘到很远的声音遇到腾空而起的烟花，被炸得粉碎。

一滴水从高处落下，砸中满仓的眼角。满仓忙伸手去擦，可是没有擦到。于是，那滴水滴进满仓面前的酒碗里。

门　牙

满仓请我喝酒，在他堆满垃圾的房间。那天我们喝得高兴，两个人干掉两瓶白干，三包威海产辣花萝卜。喝到接近尾声，满仓和我开起玩笑。他说我长得像条狗，并且还是那种纯种的德国牧羊犬。这当然激起我的愤怒，于是我抓起一只酒瓶，照他的脸就一家伙。

我记得酒瓶在他脸上炸开，像利刃在秋风中铮铮作响。他怔一怔，怪叫一声，扑上来，一拳捅中我的眼睛。我们扭打到一起，在垃圾堆里滚来滚去。最后满仓占了上风，他把我压到身下，拳头像蒜锤捣蒜般击打我的面门。不疼，满仓像在给我挠痒，或者按摩。

第二天满仓找到我，在我堆满垃圾的房间。他告诉我他的门牙被我打掉一颗，让我看着办。我说掉就掉了吧，又不是脑袋掉了。满仓说那可不行，你得给我镶上。我说满仓你开什么玩笑，我的脸现在还肿得像个馒头，我找过你吗？

属于儿子的八个烧饼

满仓说那可不一样。你的脸肿得像馒头,过几天就好了。我的门牙没有了,可是一辈子的事。我说那可不一定,说不准过几天你牙床上还能重新长出一颗门牙。满仓说兄弟,你就帮老哥这一次吧。啊?算我求你,帮我把门牙镶上。我说给你镶个金的还是银的?他说什么样的都行。我说烤瓷的行不行?他说当然好。我说要不镶个铜的或者铁的?满仓说你看着办,铜的铁的都行。我说铁的?你也不怕嘴里长出黑锈?给我滚!

满仓没有滚。他坐在我的面前,可怜兮兮。我说你怎么还不滚?他说我门牙掉了,是你打掉的,你得给我镶上。我说你说什么都没有用,这事我管不着。他说我吃饭会不方便的。我说你正好少吃点。他说我说话会漏风的。我说这样正好带着点港腔,多洋气。他说我女朋友会甩了我的。我说我正好乘虚而入。满仓嘭一声就给我跪下了。他说兄弟,你就帮哥镶一颗吧,铁的也行。他的表现让我很不满,我说你真烦,不就一颗门牙吗,还至于下跪?行,你把那颗门牙拿过来我看看,我就带你去镶一颗。镶个铜的,让你满嘴金光。满仓说可是那颗门牙找不到了。也许被咽下去了吧?我说那你上厕所时看着点儿,等腔里长出一颗门牙来,你再过来找我。满仓跪着不肯起来,他说你别难为我了,你就帮老哥镶一颗吧!我说,拿门牙来,立马带你去镶,否则,免谈。给我滚!

我知道他不可能找到那颗门牙。在他乱糟糟堆满垃圾的房间,别说打掉一颗门牙,就算打掉一颗脑袋,也是找不

103

到。满仓在城市捡垃圾，我也在城市捡垃圾，我们亲如手足。但我想，感情是一回事，给他镶牙，是另外一回事。掉颗牙也至于他这样？我想起一个刚刚学到的词——矫情。

其实从道理上讲，我是应该给他镶颗门牙的。倒不是因为那颗门牙是我给他打掉的，而是因为我比他过得舒服。虽然也常常吃不饱饭，但是我没有女朋友，没有一条叫满仓的狗，花销自然少了很多。满仓就不一样。女朋友和狗花掉他大部分的收入。满仓的女朋友也是捡垃圾的，是满仓在垃圾箱边把她骗来的。人有些弱智，除了陪满仓睡觉，别的什么也不会干。满仓的狗是他从垃圾箱里捡的，那时狗还很小，满仓想把它当成宠物。那天满仓认真地问我给狗起个什么名字呢？我说也叫满仓吧！我看它跟你长得很像。满仓就细细端详脏兮兮的狗，说，是挺像呢。于是，那条狗就叫了满仓。所以后来我想那天满仓说我长得像德国牧羊犬，或许并不是在骂我。可是我的酒瓶抡出去了，就收不回来。那酒瓶砸飞满仓的门牙，也收不回来。唯一能够补救的，就是给他镶一颗门牙。

可是他不可能找到那颗门牙。所以我想，满仓的后半生，将注定会缺少一颗门牙。

第二天一早，满仓把我从被窝里揪出来。我猜满仓是来揍我的吧？也好，他打掉我一颗门牙，就两清了。于是我龇起嘴，露了牙床，冲满仓说，快打。满仓说什么快打？他伸开握成拳头的右手，我看到，他的手心，放一颗晶亮的门牙。

属于儿子的八个烧饼

我说找到了？他说废话。我说你的牙太难看啦。他说你别管难不难看，快带我去镶牙吧。我说行，君子一言，驷马难追，镶牙！我找到一只锤子，照着那颗门牙猛砸下去。砸得有些偏，牙蹦起很高，空中翻着跟头，唱起快乐的歌。

那天是城郊大集。一把沾着血污的钳子放在一张只有三条腿的桌子上，让满仓的身子不停地抖。我说你害怕个屁，还镶不镶了？满仓连连点头，他说镶镶镶镶镶。然后那个像屠夫一样的镶牙匠把满仓的嘴巴撬开，在烟尘滚滚的土路上，几乎将脑袋完全探进满仓的口腔。

为表示感谢，满仓在集上买了两瓶白干，一只快过保质期的烧鸡。我们坐在他堆满垃圾的房间里喝酒吃鸡，心情无比愉悦。满仓的旁边坐着他弱智的女朋友，女朋友的旁边坐着那条叫作满仓的狗。我喝下半碗酒，从嘴里吐出臭烘烘的鸡骨头。我把骨头扔给那条狗。我说满仓，开饭啰！

狗盯着骨头，两眼含着泪花，呜呜咽咽地叫。突然我发现这条狗今天不对劲，从我进门那一刻，它就在哼唧。现在两瓶白干喝掉一瓶，它还在哼唧。并且狗的脑袋好像不太对称，一边大，一边小。

我蹲下身子，扒开狗嘴。我发现，那条叫作满仓的狗，嘴里缺一颗门牙。

一条狗两条狗三条狗

清明那天，傻子从东方赶来。他披着汗衫、秋衣、毛衣、西装、中山装、军大衣、被子、麻袋和草绳，风尘仆仆。他像一辆坦克车，他的脚板让土路烟尘四起。

傻子住在近郊。那里有一个村子，两条土路，三棵树，四个垃圾箱。很少有身穿制服的人从那里经过。

傻子住在树下，又从垃圾箱里扒出变质的鸡大腿和只剩皮的包子。傻子对他的生活非常满意，他常常仰躺在春天的阳光里，咧开嘴，冲太阳笑。傻子不觉刺眼。傻子认为太阳就是一朵盛开的葵花。傻子嗅着太阳的香气，内心充满感恩。

傻子遇到两条狗。

开始是一条。极小的狗，如同耗子。狗通体黑色，只在前额有一撮白毛。狗摇摇晃晃地跟在傻子身后，吐着暗红的舌头，贪婪并且惊惧地盯住傻子手里的鸡腿。傻子蹲

属于儿子的八个烧饼

下,对狗说,叫爹。狗说,汪。傻子说,叫爹,给你。狗说,汪汪。傻子说,不叫,不给。狗说,汪汪汪。傻子快乐地笑了,慷慨地将一只臭烘烘的鸡腿赏给狗。傻子说,我的好儿子。

第二条狗在一个月以后闯进傻子的生活。通体银白的一条狗,只有前额有一撮黑毛。狗瘦骨嶙峋,只剩一口气。只剩一口气的狗惶惶不安地挣扎在傻子身后,盯着傻子手里的馅饼。傻子蹲下,摸摸狗的脑袋。傻子说,我有一个儿子了。狗说,汪。傻子说,我喂不饱你了。狗说,汪汪。傻子说,留下你,我也会挨饿。狗说,汪汪汪。傻子笑了。傻子将手里的馅饼撕成三块,一块给白狗,一块给黑狗,一块给自己。傻子再摸摸狗的小脑袋,傻子说,你可真傻。

狗们越长越大,竟有了傻子的模样。同样一身脏,同样卑微的表情,同样惊恐的眼睛,同样大眼睛、小鼻子,同样喜欢蜷缩起身子。只是,太阳很好时,狗们也会打开身子,盯住太阳,久久不动。太阳是傻子和狗的葵花,常常,傻子对一黑一白两条狗说,只有坏人才会觉得太阳刺眼。

夜里傻子搂着黑白二狗,梦里喊出"汪汪"的声音。傻子说我梦见自己变成狗啦。黑狗白狗一起说,汪汪。傻子说我还梦见你们两个变成人啦。黑狗白狗一起说,汪汪汪汪汪。

散步时,傻子披着汗衫、秋衣、毛衣、西装、中山装、军大衣、被子、麻袋和草绳,身后跟着黑白二狗。人和狗浩浩荡荡穿过村子,常常吓哭了闲耍的孩子。于是有村人冲傻子抡起拳头，滚开！傻子后退两步，缩脖，冲对方龇起牙齿，汪汪。两条狗听了，一起喊，汪汪汪。村人受到惊吓，连滚带爬，傻子和两条狗一起笑，汪汪汪。

  初秋时傻子被一辆卡车撞伤了腿。傻子躺倒在垃圾箱旁，五天五夜。后来那辆车回来一次，却不是为傻子，而是为黑白二狗。那时两条狗正舔着傻子的伤口，那时傻子从嘴巴里哼出痛苦并且满足的声音。傻子听一人说，太瘦了。傻子听另一人说，终究是块肉。傻子听第一人说，还太脏。傻子听另一人说，天底下没有干净的肉。然后傻子看到两个一点点逼近的操了棍子的黑影。两条狗一起狂吠，傻子便也跟着狂吠起来。傻子的叫声与真正的狗真假难辨，那夜里傻子将喉咙撕出了血。

  两条狗最终平安无事。两人消失的时候，傻子听到他们说，的确太脏了。

  傻子和他的狗，从暮春住到隆冬。可是狗们终没熬过冬天。临过年时候，两条狗突然不见了。傻子疯了似的在村子里寻找，一根木棒抡得呼呼有声。然后，夜里时，傻子再一次见到他的狗。不过却是狗皮，两张，随随便便地挂在垃圾箱上。狗皮上伤痕累累，傻子在每张狗皮上至少找到十处刀伤。傻子抚摸着狗皮，想起春天的太阳。春天里太阳干净剔透，春天里两条狗也干净剔透。现在狗躺在他的身边，一黑，一白，干瘪并且空空荡荡。狗皮上长着眼睛。空洞的眼睛。眼睛盯着天空，白天时，竟也闪闪发亮。

  傻子没有哭。傻子只叹了一口气。傻子将两张狗皮披到

属于儿子的八个烧饼

身上,身前一张,身后一张。傻子幻为黑白二狗。

傻子坚守城郊,坚守一个村子、两张狗皮、三棵树、四个垃圾箱、几块枯骨。傻子坚守了半年,终被他粗暴的同类赶走。

那傻子说,你是一条狗。

傻子说,我不是一条狗。

那傻子说,快滚开。

傻子就滚开。滚开前傻子说了一句话。傻子说我不是一条狗,我是三条狗。一条狗两条狗三条狗。我是第一条,或者最后一条。

傻子目光灼灼,像一位哲人。

然后,傻子身披两张狗皮,离开,头上顶着太阳,脚板击起尘烟。

沉默的子弹

不过一束光，他就知道，生命不再属于自己。

光暗淡，微弱，灰白，转瞬即逝。他正掬一捧水，水送至嘴边，光悄悄划过他的眼睛。他愣住，呆住，僵住，冻住，不敢蹲下，不敢趴下，不敢逃走，甚至，不敢呼吸。他知道那是瞄准镜反射的光芒。狙击步枪的瞄准镜，冷酷并且精确。

他能够想象瞄准镜后面的眼睛。眼睛扣上瞄准镜，他的眉心即刻与十字中心完美地重叠。现在，草丛间隐藏的狙击手随时可以将手指轻轻一勾，让他在瞬间死去。

甚至来不及挣扎，来不及惨叫。甚至来不及颤抖或者抽搐。他似乎看见子弹从草丛里蹿出，冲开稀薄的空气，螺旋状飞行，将他的眉心刺出一个圆圆的小孔。小孔散出淡淡的青烟，一缕金黄的阳光从小孔里灵巧地穿过，然后，照上枪手仍然冷峻的脸。

属于儿子的八个烧饼

恐惧排山倒海,将他吞噬。他弯着腰,不敢动。

其实他有两个选择:其一,他一个鱼跃,扑向并且抓起旁边的步枪。填满子弹的步枪被扔在两米以外,两米距离,半秒钟足矣。其二,他一个侧翻,滚向并且逃向与步枪相反的方向。那里有一个茂盛的灌木丛,那些灌木或许可以救他。可是他没有动。他权衡很久,终于放弃。他知道不可能成功——他知道草丛里的狙击手绝不会给他任何机会——这样的距离,瞎子也不会射偏。

他在丛林里度过半个多月。半个多月时间里,他连睡觉都睁着眼睛。每一秒钟他都高度警觉和戒备,头盔压得很低,手指扣紧扳机。他趴在河边的灌木丛里观察很久,直到确信这里就像自家院子一样安全。然后他走出来,卸掉步枪,卸掉干粮,卸掉水壶,卸掉头盔。他需要喝点水,吃点干粮。他需要让他的呼吸变得轻松。他需要让他的心脏正常跳动。他需要将紧绷的神经,放松片刻。

于是他成为靶子,成为羊,成为猪,成为死去的士兵。百发百中的步枪近在咫尺,此时却更显多余和滑稽。是的他仍然是兵,只不过他是死去的兵。暂时还活着的死去的兵。这想法令他绝望和悲伤。

他不知道他们对峙了多久。一分钟?一小时?还是一个下午?他弓着身体,捧着两手,如同在向看不见的敌人讨求一片饼干或者一颗子弹。当死亡被无限抻长,当死亡带来的恐惧被无限抻长,就等于经历过很多次死亡。似乎真是这样,一分钟、一小时或者一个下午,年轻的兵在意念里被他

111

的敌人射杀过多次。每一次他都闭了眼睛,每一次他都没有倒下。然而枪手的枪,迟迟没有响起。

突然他很想坐一会儿。终是一死,为什么不能舒服一些呢?为什么不能早一些呢?甚至,为什么不能试试运气呢?他慢慢放下双手,草丛不见动静;他慢慢往旁边挪一步,草丛仍然不见动静;他一点一点蹲下,草丛还是不见动静。坐上石头的那一刻他流出眼泪——滚烫的石头给他带来了前所未有的舒适感和幸福感。

枪手迟迟不肯将他射杀,这说明,或许,枪手根本不想将他射杀或者他根本不值得枪手射杀。然而他仍然不敢拾起步枪。他深知步枪对他意味着什么,对潜伏的枪手意味着什么。他试探着抓起干粮袋,又试探着从干粮袋里拿出饼干。枪没有响。他从小河里掬起一捧水,又试探着将那口水喝下。枪没有响。他笑了。他知道现在,只要不去碰枪,他完全可以从容地离开。他向草丛举起两手,向一颗沉默的子弹举起两手。他高举两手退向岸边,又冲草丛做一个滑稽可笑的鬼脸。他再一次看到那束光——只有当瞄准镜轻轻晃动,那束光才会出现——他知道枪手被他逗笑。

他转身,枪没有响。他将粮袋背到身上,枪没有响。他戴上头盔,枪没有响。他一步步接近灌木丛,枪没有响。他将一只脚踏进灌木丛,枪没有响。突然他认为该给潜伏的狙击手留下一点东西——饼干、罐头、巧克力、烈性酒、钞票……什么都行。枪手放过他,等于救下他。

他毫无戒备地将手伸进怀里。枪响了。

大脚辫子

起初,大脚辫子只有大脚。

六岁那年,大脚辫子就长成一座小铁塔。母亲给她裹脚,说,裹了脚,才像个女人。肮脏并且结实的布条一层层裹紧,大脚辫子听到她的脚骨发出"喀嘣喀嘣"的声音。她说,我的骨头全都断啦。母亲说,断了就对啦。她说我不要裹脚。母亲说,裹了脚,才能嫁男人。大脚辫子闭了眼,咬了牙,泪水、汗水、鼻涕糊满一脸。她的嚎叫在村子里回荡了整整一个下午,然后,到晚上,她将缠住两脚的布条解开,又将房顶捅出个窟窿,一个人逃到荒野。

大脚辫子失踪了半个多月。母亲以为她死了,将她的衣服收拾到一起,准备挖个坑埋了,从此就当没这个闺女——母亲育有五个闺女和一个儿子,少她一个,就像丢失了一只猫崽。可是那天,大脚辫子突然出现在母亲面前。她蓬头污面,衣衫褴褛,手持一把剪刀。她说,要是你再逼我,我就杀死自己。母亲盯她半天,叹一声,随你去吧!

三个月以后,这样的事情又重演一次,母亲便对她,彻底失望。那时在乡下,女人不裹脚是一件很可怕的事情,母亲常常愁容满面地说,你哪里还是个女人?

这时已是民国,然母亲和大脚辫子都不知道,从那时起,中国女人的脚不会再受到任何束缚。而大脚辫子只是不想裹脚。即使不做女人,她也要一双大脚。

大脚辫子长大以后,比男人的脚更大,比男人的饭量更大。她站在男人堆里,男人们只及她的下巴。她担水、种田、伐木、去码头扛活,一个人能顶两个男人。可是没有男人敢娶她。虽然民国了,虽然大脚更方便,可是,乡下男人们仍然愿意娶一个小脚女人——小脚女人听话,男人说一是一,说二是二。

所以大脚辫子开始留辫子。辫子又粗又亮,辫梢垂到腰际,垂到膝窝,垂到脚踝,大脚辫子终从"大脚",变成"大脚辫子"。留长了辫子,大脚辫子便像女人,可是仍然没有男人敢娶她。没人娶她,便罢了,大脚辫子宽大的脚板击起尘烟,粗长的辫子甩起辫花。大脚辫子一顿饭吃得下半锅饼子,她说她不过吃了个半饱。这样的饭量不但惊人,简直能将人吓个半死。男人们便说,大脚辫子"真是一条汉子"。

鬼子打过来,村子几乎变成空村。大脚辫子却不走,说,我的家在这里,土地在这里,凭什么要走?母亲便劝她,跟鬼子不能讲道理,命要紧。大脚辫子说,要走你们走,反正我不走。母亲和兄弟姐妹们一齐上前拽她,大脚辫子伸手,一推,一挡,面前呼啦啦倒下一片。大脚辫子看着母亲,半天,叹一声,快逃命吧!

鬼子进村一次,东翻翻,西找找,将房子点上火,将活鸡活鸭用刺刀挑着,走了。大脚辫子便嘲笑村人的胆怯,认为一切都过去了。可是几天以后,大脚辫子去县里买鸡崽,夜间独自走到荒郊野岭,突然被一个鬼子拦下。鬼子单枪匹马,提着手枪,唇上留一点黑苍蝇般的胡子。从手枪和军装判断,大脚辫子知他是个小官。鬼子官仰头看着三十多岁的大脚辫子的脸,眼睛里露出邪光,嘴巴里淌出口水。他扬扬手枪,后退一步,示意大脚辫子给他跪下。大脚辫子垂眼,低头,弯腰,屈膝,却没有跪下。她的辫子突然跃起,空中如一柄又长又弯的有着生命的镰刀,笔直地削向鬼子。鬼子一惊,一怔,一喊,一炸,枪响起,子弹却有气无力,翻起跟头。是时,大脚辫子的辫梢准确地切中鬼子的脑门,鬼子闷哼一声,栽倒在地,手枪摔出很远。大脚辫子踉踉跄跄,一口气跑回家,天就亮了。几天后大脚辫子知道,那鬼子竟被她一辫砍死。有鬼子军医验尸,却怀疑是军刀所致,遂在附近村子盘查,当然未果。

此事在附近村子流传甚久,一直流传到鬼子投降,流传到新中国成立,流传到"大跃进"时期,然后,流传至今。"大跃进"时的大脚辫子年近六旬,却依然饭量惊人。饿得受不了,她就吃树皮,吃石头,吃泥土,甚至吃自己的辫子,啃自己的手指。不管她吃什么,三年大饥荒的最后一年，她还是被饿死了。人们都说，她饿死，是因为她的饭量实在太大了。

她的饭量实在太大了。可是临死以前，她说，就算饭量再大，也该有口饭吃。说完她才死去，那双脚皮包着骨头，却仍然大得骇人；那辫子不再乌黑，无力地垂着，荡来荡去，就像一段枯草搓成的绳子。

有关大脚辫子的故事，老家的人们人人皆知。前些日子，我仔细查阅过县志，那上面，却找不到她。

属于儿子的八个烧饼

渡　河

　　终于来到河边,河边不见一个人影。

　　几天来他一直躺在丛林里。他想他也许撑不住了,夜里,他能够听到皮肤燃烧出"嗞嗞"的声音。他的五脏六腑全都着起火,他冲天空呼一口气,淡蓝色青烟袅袅。

　　他病了,越走越慢,越走越慢,终与队伍失去联系。他冲最近的战友喊,等等我!声音被风吹散,瞬间无影无踪。然后他摔倒,失去知觉,待醒来,丛林里只剩自己。他不知道他们是否找过他,找过或者没有找过,都不再重要。他被孤零零地扔进丛林,这才是现实——也许敌人,近在咫尺。

　　他们需要马上渡河。半年来他们东躲西藏,疲于奔命,队伍仍然越来越短,就像一条被砍掉大半的蛇。其实他们不配像蛇。他们更像兔子、耗子,像一切死到临头的惊恐万状的动物。他们必须渡河。渡河,才有活着的希望。否则,必将全军覆没。

河水黄浊,河面浩荡,岸边芦苇匍匐,白色的芦花却纷纷扬扬。他沿着河岸走着,五脏六腑再一次燃烧起来。终于他走进那个颓败的村落——十几栋泥草房,十几株山楂树,十几只瘦羊,十几个拥挤在一起的坟茔……

他问老人,是否有部队渡过了河。

那也算部队?老人说,当兵的面黄肌瘦,军装就像麻袋,步枪就像烧火棍,长官是一个二十多岁的孩子。不足二百人吧!那也算部队?

他们过河了?

两天前就过河了。村里只有两条渔船,他们用了最快的速度,还是从黄昏忙到天亮。长官最后上船,护着两挺重机关枪。这样的队伍竟然有两挺重机关枪!长官说,它们是队伍的希望……

我得追上他们。他说,希望您能帮我过河。

你要自讨没趣?老人说,他们本该等你的,是不是?你只是失踪,不是阵亡。村子里丢只鸡全村人还到处找呢!

队伍不能冒险。他说,为了我一个人,押上二百多人……

那就留一两个人等你。老人说,家里的狗跑出去,晚上还得给它留着门呢。

后有追兵……

追兵在哪里?老人说,这么多天,我连一个兵虱子都没看到。

无论如何,请您帮我过河。他说,我得追上他们。

属于儿子的八个烧饼

没有船了。老人说,他们渡河以后,将两条船全烧了……然后,他们端着枪,命令我跳下河,游回来……他们根本不在乎我的死活……

你可以摘下门板。他说,把两扇门板绑到一起,再找一根竹竿。我知道,这办法管用……

你想掉进河里喂鱼?

我想渡河。他目光执着,求求你,帮我渡河。

……老人在门板下面捆上两张鼓圆的羊皮,老人的船仿佛被捆绑在一起的漂浮在河面上的两只死去的山羊。门板发出"嘎吱嘎吱"的声音,似乎随时可能断裂。他趴在门板上,听到水底的呼呼风声。

他们离开时候,说起过我吗?他问老人,比方说,为了大局,我们不得不放弃那个兄弟……

屁都没有一个。老人说,除了最后上船的长官……长官说,重机关枪不能湿,那是队伍的希望……

可是他们应该等等我的。他说,我只是失踪,不是阵亡……村子里丢只鸡,全村人都要出去找……

所以,就算渡过河,你仍然追不上他们。老人的竹竿轻轻一点,羊皮筏打一个趔趄,水面上猛地一蹿。或者,就算你追上他们,又能怎么样呢?就像一条失踪的狗重新回到家里,主人会给它道歉?说不定,会狠狠揍它一顿……

我们是一个整体……对一支完整的队伍来说,我很重要……

你可有可无。老人说,一百个你加起来,也不如一挺重机关枪重要。

　　他长叹一声,不再说话。回头看一眼岸边,岸边芦苇匍匐,芦花苍茫。突然他感觉自己就像倒地的芦苇或者随风而逝的芦花,他的存在没有任何意义,无论是对他的部队,还是对他的世间。老人破败的村庄在这一刻突然变得生动并且亲切,牛、羊、青草、庄稼、沟畔、老人十九岁的脸上长满雀斑的女儿,一扭一扭的随风摇摆的炊烟……

　　追上部队,你终究是死。不是死在这一场战斗,就是死在下一场战斗。所以现在,我是在送你去死。老人收了竹竿,说,船到岸了,你愿意走,就走。不过,如果你愿意跟我回去,我会让春玲给你煎两个荷包蛋。

　　他抱着枪,久久不语。突然他问老人,他们真的没找过我?

　　老人无奈地摇摇头。下船!老人说。

　　他们还烧光了你们的船?

　　他们还烧光了我们的船……他们手里有枪……你下船吧!

　　我手里也有枪。他跳下船,咬咬牙,说。

　　什么意思?老人愣住了。

　　把船烧掉,然后,你游回去。他拉动枪栓,恶狠狠的语气,却流下眼泪。

愤怒的石头

日本老人重回村子，只为赎罪。

老人已经很老，两个人搀扶着他，仍然东倒西歪。可是他头脑清醒。他说他得为七十年前犯下的罪过道歉，他求村里人宽恕他。即使不宽恕，也没有关系。他说，你们应该记恨，再说我都是要死的人了。

老人身患绝症，活不过半年。这也是他最终决定来到村子的理由。

村人带他进山，那里，静卧着36个坟头。坟头长满枯草，静默并且颓败。那曾经是36条鲜活的生命。

他们全都是士兵。村人告诉老人，其实最开始，他们全都是庄户人……你们打过来，他们才丢下锄头，扛起枪……他们只打了一次仗，全军覆没……你们却连一个伤员都没有……那不是打仗，那是送死……

老人说，对不起。不过，这里似乎少了一座坟。

村人说，36个游击队员，一个不少。

老人说，我说的不是游击队员，而是一个男孩。十六七岁，光头，跛一只脚。死于1940年，被射杀。

村人说，我不知道您说的男孩。

老人说，这不能怪你……因为你们一直对阵亡的战士更尊敬……他那么小，不可能有儿女，爹娘也早已去世，你们将他忘记，正常……可是我无法将他忘记……他让我恐惧，让我每时每刻，都想赎罪……

……我们子弹上膛，全副武装。我们需要对付的是山那边的中国军队，而不是手无寸铁的百姓。最起码，那一天，那时候，我们没有射杀任何一个中国百姓的打算。我们面前是一座石桥，桥面很窄，桥中央，站着一位十六七岁的男孩。我们早就看到了他，他裸着上身，穿着松松垮垮的裤子，他绝不可能藏有任何可以攻击我们的武器。我们的队伍往前，我想他会让开，如以前那些百姓一样，退到桥边，脸避向一侧，或者蹲下来，两腿颤抖，两手抱头。可是他没有。有人喊，让开！他看着我们，嘴角突然勾起，似笑非笑，似怒非怒。我们继续往前，他站在桥的中央，瘦小的身体如同铁塔一般结实。有人再喊，让开！他突然伸开手，我看到他的手心里，有一块小小的石头。他将石头抛起，接住，猛地砸向我们。石头轻飘飘的，离我们很远，便落到地上。有人向他瞄准，我看到他的胸口，多出一个冒烟的小洞。他脚步踉跄，却没有倒下。他弯腰，拣起第二块石头，又一次狠狠地砸向我们，于是他的小腹上，也多出一个冒烟的洞。他一连朝我们扔出三块石头才倒在地上,他身中七枪。三块石头,仅有一块掷进我们的队伍。石头恰好落上我的头盔,"轰"一声巨响,就像在耳边,放响一颗炸弹。那一刻我恐惧到极点。我身经百战,我射杀过很多中国士兵,我被很多中国士兵瞄着打,然而在这以前,我从未有过恐惧。我的恐惧全因为这个男孩,他表情镇定,手无寸铁,面对我们的枪口,他竟将随处可见的石头,当成攻击我们的武器……并且,攻击我们的时候,他是那样认真,那样郑重,似乎他的手里不是石头,而是手榴弹……他身中七枪,最后一枪,是我打的……我不想开枪,可是我恐惧……

　　……从那天起,我便陷入到无边的恐惧之中。我总是想起砸在我头盔上的石头,那一声巨响,几乎将我的耳朵震聋。我整夜整夜睡不着觉,我的手指,总是警惕地扣上扳机。我开始想赎罪,每时每刻都想——向那个男孩赎罪,向被我们射杀的中国百姓赎罪,向被我们打死的中国士兵赎罪。你相信吗?那时战争还没有结束,捷报频传,可是我已经想到赎罪了。是这样,打赢,打输,与我有什么关系呢?与我有关系的只剩下,赎罪。可是我还是士兵,尽管我恐惧,尽管我想赎罪,可是我还得打仗。你能明白这样的感觉吗?我一边将子弹残忍地射进中国士兵的身体,一边想着给他赎罪,给战争赎罪。你能理解这样的感觉吗?生不如死。你能理解吗?

　　老人看着村人,流下眼泪。

　　你真的不知道那个男孩? 老人说,十六七岁,光头,跛一只脚。

我真不知道。村人说，我既没有经历过那场战争，也从没有人告诉过我。

那么，老人说，我想在这里为他建一个墓碑，可以吗？

我能理解您的意思，也知道您想赎罪，可是，万一他不是我们村里的人呢？不是我们村里的人，为何把墓碑建在这里？村人说，比如他只是一个过路者，恰好遇到了你们。再比如，它只是您的一个无比真实的梦……

老人长叹一声。老人说，我倒希望现在，我正做着一个梦。一厢情愿的梦，有关一块愤怒的石头……

你我之罪

兵走进宅院，宅院寂静无声。牛安然地嚼着枯草，雪花飘落一地。这里仿若世外桃源，可是兵知道，几分钟以前，一名叛军逃了进来。也许叛军早已翻墙而逃，也许他藏在牛棚里，藏在地窖里，藏在大树上，藏在某扇门的后面，甚至，藏在一片雪花下，一粒尘埃里。兵全神贯注，嘴角抽搐，心脏蹦到喉咙。宅院空无一人，然兵的眼睛里，枪口，枪口，枪口……

一扇门猛地打开！兵惊骇，鱼跃，翻滚，射击。扣动扳机的瞬间，兵后悔了，他做一个探身的动作，似乎想将射出的子弹塞回枪膛。子弹钻进女孩的额头，女孩灿烂的笑容，甚至来不及完全绽放。

女孩只有五六岁。也许她正在与自己捉迷藏，也许她在门后面睡过去又醒过来，也许，她将端着步枪的兵，当成装扮怪异的圣诞老人。她轻轻倒下，如同一片雪花飘落。

兵仰面跌倒,似乎中枪的变成自己。兵全身颤抖,包括眼珠和舌头。恍惚之间,兵认为他杀死的,是他的女儿。

女人哭嚎着冲进院子。她跪倒在女孩身边,撕扯着自己的胸口,呼喊着女孩的名字。她转向兵,嘶叫着,为什么要杀死我的女儿?!

我不是故意的!兵手脚并用,后退着,原谅我。

你杀死了我女儿!

原谅我吧!兵挣扎着站起来,给女人跪倒,我愿意付出任何代价。

女人凄厉地叫着,冲过来,抡着兵的耳光。兵站着,不动,任女人长长的指甲将他的脸变成一张带血的蛛网。女人开始撕咬他的胳膊,兵站着,不动,任女人雪白的利齿切开他的血管。女人开始抓他的胸膛,抢他的步枪,歇斯底里。兵惊恐地后退。不要这样,女士。兵护着他的枪,不要这样。

女人的动作越来越大。好几次,兵的枪,几乎从手里脱落。

兵开始挣扎,反抗,抬脚将女人踹开很远。女人爬起来,再一次冲向他。他端起枪,瞄准女人。女人的速度并未减慢,动作并未收敛。终于,兵的枪托,狠狠砸中女人的额头。

女人倒下来,惨叫着,蜷缩着,嘴角翻滚着鲜红的泡沫。

对不起。兵说,我不是有意的。我很害怕,她突然将门推开……

兵掏出所有的钱。兵还为女人留下水壶、干粮、药品、

属于儿子的八个烧饼

一把锋利的匕首。我得走了,女士,兵痛苦地说,请相信追杀叛军,真的是为解救你们……请相信我开枪,只是本能……请相信我与你一样难过……愿上帝惩罚我的罪过……

每一天,兵都会想起女孩的笑容,女人的哭泣。他不求上帝将他宽恕,他只求惩罚。后来,突然有一天,兵想,也许那个女人,并非女孩的母亲,她那样做,只为得到一笔钱。然这想法丝毫没有减轻兵的罪恶感,女孩仍然固执地钻进他的每一个梦里,然后,在他的额头上,笑着凿出一个同样的洞。

这就是上帝的惩罚吧?兵大汗淋漓地从梦里醒来,想。

叛军迟迟没有被消灭。甚至,他们招兵买马,战事开始升级。兵随队伍打过来打过去,兵五次经过那个宅院,五次流下眼泪。然后,突然,队伍被困进一个山坳,密集的子弹压得他们抬不起头。

不远处,藏着一个极其隐蔽的地堡。重机枪架在那里,待他们终于发现地堡,队伍已经死伤过半。兵和三个兄弟从旁边绕过去,途中,三个兄弟全被子弹敲碎了脑壳。

兵艰难地向洞口接近,接近,接近,塞一颗手榴弹进去,战斗就结束了。可是兵仍然冲浓烟滚滚的地堡打光所有的子弹才敢钻进去。兵看到一个女人。一个被炸烂的女人。一个零散的女人。兵盯着女人血肉模糊的脸,兵感觉她,像极了那个女人。

不是她吧?战争中所有死去的女人,全都那般相像。就是她吧?他打死她的女儿,她无论做出什么事情,都不过分。

127

兵想，他只是误杀，他无罪；她只为报复，她无罪。或者，他杀死无辜的女孩，他有罪；她杀死无辜的战士，她有罪。也或者，战争是政治的延伸，它无罪；战争让仇恨放大，它有罪。更或者，有罪无罪，你我之罪，不在前因和后果，只在如何欺骗自己或者后人罢了。

而现在，兵希望回到一年以前。当那扇门打开，兵想送给女孩的不是子弹，而是一份圣诞礼物。

属于儿子的八个烧饼

监 狱

越狱是他一生里最艰难最痛苦的选择。这选择,不是为自己,而是为狱友。

狱友也是战友。战场上一起面对死亡,现在,再一次一起面对死亡。监狱的戒备并不森严,但从无人试图越狱——监狱建在沙漠中央,越狱等于自杀——更为可怕的是,只要有人越狱,不管成功与否,狱卒都会杀死同一间寝室的所有人。每间寝室关押着五十多名极度虚弱的战俘,经常,早晨时候,有人永远爬不起来了——战场是一台恐怖的绞肉机,监狱也是。

为越狱,他做了两年准备。水是最大的问题,为此他将越狱的时间选到稍有降雨的雨季。他奇迹般地用一把汤匙挖开一条地道,地道从寝室开始,通到高墙外面。每顿饭他都会省下一口面包,他将省下的面包晒成干,小心地藏起。他还用拣来的骨头做成一把匕首,匕首并不锋利,他却坚信它可以切开狱卒的喉咙。他劝他的狱友们，终究一死，不如越狱。狱友们反劝他，留下尚有机会，越狱死路一条。

相信我，当战争结束，他们会杀死所有的俘虏！他急了，给狱友们跪下。

只要你放弃越狱，我们就有活下来的机会。狱友们说。

没有人听他的。一个也没有。后来，狱友们二十四小时监视他，他们充当了最敬业最警惕的狱卒。可是他还是成功地从监狱里逃脱，在经过三昼夜的痛苦抉择以后，在用牙齿咬掉自己的拇指以后。

拇指被他的狱友们锁了起来。用一根铁丝做成的手铐。

他一直在沙漠里走了半个多月。缺掉拇指的手感染发炎，逃出来的第九天，他永远失去了那只手。可是他还是顽强地走出了沙漠，当他走回基地，战友们误认为闯进来的是一具风化千年的木乃伊。

他在医院里躺了两个多月，然后，在他认为应该被送回祖国的时候，再一次回到监狱。只不过，这一次，是自己的监狱。两个月里发生了太多事情，每当他们的队伍试图发动进攻，敌人似乎总是有所察觉。事情太过蹊跷，他极其可疑。

曾经他以为，沙漠监狱的那段日子，是他一生里最为难捱的时光，可是现在，他确信，比起朋友们对他的折磨，沙漠里的敌人，其实更像朋友。他被强迫交代问题，他说他没有问题，于是，他便失去了睡觉和喝水的权利。灼辣的灯光24小时刺着他的眼睛，三个魔鬼般的狱卒二十四小时轮番对他审讯,他生不如死。很多时候他动了死的念头,最开始,他没有死的机会,后来,他就不想死了。假如就这样死去,他将背上叛国的罪名,可是,他明明深爱着他的祖国啊!每天他都在为自己打气,他劝自己再多活一分钟,多活一小时,多活一天。他就这样活下来,生不如死地活下来。监狱里他失去第二只手,那只手,被一个狱卒硬生生剁下。狱卒本打算一直剁下去:手,脚,肘,膝,肩……直到剁光他的四肢,将光秃秃的他像酱菜那样腌进大缸。可是战争突然结束,他侥幸出狱。

出狱与战争结束没有太大的关系。有关系的是敌人。是敌人证明了他的坚强、机智、无畏和无辜。敌人有时候,真的比朋友更像朋友。

他终于回到祖国。他见到邻居,亲戚,朋友,以前的同事……他本该见到妻子,可是妻子已经弃家而去。得知他被剁去仅剩的一只手以后,妻子像惊恐的鸟儿般逃离。

他从一个监狱走进另一个监狱,又从另一个监狱里逃出来。现在,他终于重获自由。

可是渐渐地,他对他的自由,产生出深刻的怀疑。所有人都敌视他,敌视他的理由,只因他从沙漠里逃出来——他背弃了曾经出生入死的战友,为了逃命,他竟不顾五十多人的死活——尽管那些人因他而枪毙,但在战争结束的前一天,狱卒们果真处决了监狱里的所有战俘——可是人们仍然鄙视他,唾弃他。有被处决的狱友的母亲抡他的耳光,有不谙世事的孩子用砖头砸碎他家的玻璃,有女人朝他的身上吐口水，商店不卖给他东西，乞丐不接受他的施舍，几乎所有的团体拒绝他的加入……甚至，有一次，当他走在大街上，突然被一颗仇恨的子弹射穿。虽然他被医生救活，可是当他睁开眼睛，他分明看到医生厌恶的眼神。

现在，他确信，他再一次回到监狱，身边的每一个人，都充当了警惕并且残忍的狱卒。

出院那天，他选择了自杀。没有两手的身体像树桩一样从高空直直落下，摔烂成一堆木屑。他两次从监狱里侥幸逃脱，但这一次，他绝没有逃脱的可能。监狱如此之大，无边无际，唯有死亡，才能让他解脱。

空　袭

　　空袭警报拉响的时候，他正扶母亲喝一碗汤药。汤有些烫，母亲边喝边用没有牙齿的嘴巴嘶嘶吸着冷气。他愣一下，说飞机来了，我们得躲进地窖。母亲说我爬不起来，我等死算了。活这么大年纪够本了，我要浪费他们一颗炸弹……他不由分说将母亲背起，身后的母亲僵硬如一段朽木。

　　院子里挤满了人。第一颗炸弹已经在城北炸响，先是一团烈焰慢慢升腾，紧接着传来一声沉闷的爆炸。那声音紧贴地面，传出很远。然后，第二颗，第三颗，第四颗……炸弹排成排连成片，一点点往市中心推进。街道上胡乱奔逃着惊恐的人们，他们一边呼喊着亲人的名字，一边寻着最近的防空洞。炸弹在城市各个角落同时炸响，地面剧烈颤抖，到处火光冲天。一位老人在防空洞口被炸倒，他爬起来，抱紧从膝盖处被齐刷刷炸断的小腿，一蹦一跳扑向洞口；一位少妇从烈焰中慢慢走出,她拖着燃烧的婴儿车,脸上皮肉翻卷,一块一块往下掉。他背着母亲,逃向后院,逃向他亲手挖成的地窖。他不可能挤进离他们最近的防空洞,母亲像朽木一样坚硬,像铁一样冰冷和沉重。

整个城市都在燃烧。燃烧带起的疾风加剧了燃烧的速度,滚滚浓烟又将火光变得模糊,似乎那是滴上宣纸的暗红朱墨。到处都在爆炸,到处都在坍塌,到处都是惊恐的号呼和绝望的惨叫。一颗炸弹笔直地落下,击穿两层楼板,镶上挂了吊灯的顶棚。片刻后炸弹从顶棚落下,在屋子里面炸开。房子就像注满水的布袋,棱角不再分明。布袋向四个方向爆裂,家在顷刻间荡然无存。那是他们的家。房子炸开的时候,他和母亲,已经躲进了地窖。

地窖通风良好,坚不可摧。一排排炸弹炸过去,炸回来,再炸过去,再炸回来,一波连着一波,似乎永不停歇。他扶母亲躺下,又在母亲身边蜷起身子。地窖里酷热难耐,烤焦烧糊的人肉气味硬挤进来,不断冲击他的鼻子,让他呕吐不止。好几次他想起身,将出口堵上,可是他知道,假如堵上那个出口,只需一会儿,他和母亲,就将窒息而死。

突然母亲说,我想你的哥哥。

母亲想他的哥哥。他也想。哥哥一年前写信回来,说他很好,长胖了,也白了。母亲不信,母亲说他可能胖了,但他怎么可能白呢?小时候,他和母亲常常取笑哥哥的肤色。母亲说如果哥哥掉进煤渣,就寻不到了。寻不到怎么办呢?

属于儿子的八个烧饼

就得龇牙。一龇牙,煤渣里两排雪白,别动!每到这时,哥哥便红了脸膛,一张脸更黑了。哥哥木讷、害羞、性情温和。他和母亲都认为哥哥毕业后不会找到工作,谁会想到,哥哥竟也会远走他乡?

急忙安慰母亲,说等战争结束,我们一起去寻找哥哥。这时爆炸声小了一些,距离也越来越远,将脑袋凑近窖口,他看到火车站方向的火光映红了天空。然后,又一轮轰炸开始,炸弹从火车站开始,一排排向他逼近。他缩回来,继续蜷坐着,看着黑暗里的母亲。母亲一动不动,似乎昏睡过去。伸手试探鼻息,母亲呼吸均匀。他长舒一口气,重新坐下来。隆隆的爆炸声忽远忽近,他守着母亲,竟然迷迷糊糊地睡过去。

他做了很多梦。关于战争,关于母亲,关于哥哥,关于空袭……那些梦支离破碎,仅是一个个碎片;那些梦又异常清晰,油墨厚重。他打一个寒噤,突然醒来,地窖中仍然黑暗一片。伸出手摸身边的母亲,却什么也没有摸到。

他慌了,站起来,脑袋重重地撞上窖顶。急急地爬出地窖,眼前的城市仍然是一朵巨大的扭曲的火焰。他看到母亲笔直地站在窖口,头努力抬着,望着黑压压的天空。坐起来都困难的母亲,竟然一个人爬出地窖,剪纸般毫无设防地站在窖口!火焰的映衬下,母亲灰白的头发随风飘扬。一枚炸弹在不远处落下,一片弹片迎着母亲,直直地削过去……

他把母亲背回地窖。母亲艰难地喘息。弹片依次划过她的肚腹、胸膛、脖子、下巴、鼻子、额头……他哭着问你出

135

去干什么,你出去干什么……

母亲说我想看看你的哥哥。

可是母亲不可能看见自己的儿子。尽管哥哥加入了敌国国籍,尽管哥哥当了兵并成为空军,尽管哥哥成为空军基地的轰炸机飞行员,可是,也许,他不可能参与到这次空袭中来。或者,就算他加入了空袭,母亲也不可能看到他。天空中只有黑压压的云层,她什么也没有看到。

母亲艰难地说,但愿那是你哥哥……但愿他不要遇到拦截……但愿他和他的飞机,能够平安地返回……

又一颗炸弹炸开,将母亲的声音彻底淹没。

属于儿子的八个烧饼

亲爱的，特雷西

母亲为儿子找出一件睡衣，一双拖鞋，两本书。想了想，又找出一个魔方。魔方是儿子最喜欢的玩具，即使闭上眼睛，他也能在极短的时间内将彻底打乱的魔方复原。

儿子22岁，非常聪明。22岁的非常聪明的儿子上前线，母亲知道，那里需要的不是睡衣和拖鞋，而是钢盔和子弹。可是母亲还是希望这些东西对儿子有用——战斗与战斗的间隙里，儿子可以穿上睡衣和拖鞋，然后倚着战壕，读两页书，或者，拧几下魔方。

母亲将这些东西装进一个纸箱。母亲在纸箱上写下：亲爱的特雷西。旁边的女儿静静地看着母亲，说，您好像还忘记了哥哥的抱枕。

哦，抱枕。母亲说，他会需要吗？

当然。女儿说，您给他寄去睡衣、拖鞋、魔方、他喜欢的书籍，您还可以让他睡得更舒适一些。

母亲就笑了。她将纸箱重新打开，然后，去儿子的卧室取来抱枕。儿子的卧室整洁并且繁杂，墙壁上，贴满猫王、梦露和李小龙的照片。每天早晨母亲都会来到儿子的卧室，有时她知道儿子不在，而有时，她会忘记儿子已经开赴前线。她低唤着儿子的名字，她说，该起床了，特雷西。

抱枕太大，这让她不得不换了一个更大的纸箱。她想当纸箱寄达前线的时候，儿子也许在吃饭，也许在睡觉，也许在站岗，也许，他已经冲出战壕，身边的子弹，如同乱飞乱撞的蝗虫。她重新在那个纸箱上写下：亲爱的特雷西。这时她看到一位穿着军装的兵走进院子，兵站下，挺得笔直，轻轻摁响门铃。

女儿跑过去。母亲的心，开始狂跳起来。

她听到兵说，我很遗憾……

她听到女儿说，你们一定搞错了！

她听到兵说，我们也希望如此……

她听到女儿发出撕心裂肺的声音。哥！

她听到兵说，对不起……

母亲已经抱起那个纸箱。如果没人摁响门铃，此时的母亲，应该已经走出小院，走上大街。母亲的身体开始抖动，纸箱跌落到地上，人跌落到椅子上。她用手捂住脸，整个人都在战栗。然后，很久以后，母亲站起来，重新抱起那个纸箱。

她挤过她的女儿。女儿坐在沙发上，手里捏着一张早已被泪水打湿的讣文。母亲扫了一眼，她看到那个令她日夜牵挂却肝肠寸断的名字：

特雷西。

她挤过大兵的身体。她冲他凄然一笑。她说，谢谢你。

请相信，我同您一样悲伤。大兵挺挺身体。

母亲再笑笑，走出小院，走上大街。天气很晴朗，阳光很明媚，街上很热闹，城市很繁华。母亲抱着纸箱，一直走，一直走，一直走……终于她将纸箱重新放上桌子，她对面前的大兵说，我想给我前线的儿子，寄一个包裹。

兵看看纸箱上的名字。兵扭过头去，跟另一个兵悄悄耳语。兵转过头来，对母亲说，您确定吗？

母亲说是的。我想给他寄去一件睡衣，一双拖鞋，一个魔方，两本书，还有一个抱枕……

可是太太，我知道这很残忍，但我仍然想很遗憾地告诉您，您的儿子他……

别跟我说这些。母亲低了身子，求你，别跟我说这些。我只想给他寄一个包裹：一件睡衣，一双拖鞋，一个魔方，两本书，还有一个抱枕……

兵盯着母亲，母亲一头白发，一袭黑衣。兵咬了咬嘴唇，兵说好，好的，您可以再检查一遍您儿子的名字。他是叫特雷西吗？

特雷西。亲爱的特雷西。

兵收下纸箱，在一份表格上恭敬并且郑重地写下：亲爱的特雷西。兵抬起头，立正，然后，为素不相识的母亲，缓缓地行一个标准的军礼。

让子弹别飞

男人没有料到，号称坚不可摧的城市防线，竟然不堪一击。

他甚至来不及为他和女儿准备充足的食物。

所以，当他们吃完最后一片面包，喝光最后一口水，当他们又顽强地挺过一天，男人决定走出地下室。

四岁的女儿紧张地抱住他的两腿。

男人蹲下来，冲女儿笑笑。我很快就会回来。他说，别忘了你是天使，别忘了我是天使的父亲。

女儿是父亲的天使，全世界的父亲都这么认为。然女儿相信自己是真正的天使，也许，她只是唯一。

战争没有打响的春天，城市开满鲜花。老先生牵了老太太的手，女孩挽了男孩的肘弯，孩子追逐嬉闹，艺人的琴声欢快悠扬，猫在睡觉，鸽子在飞翔，狗吐出舌头，大街上阳光遍洒。男人牵着女儿走进小巷，突然栽倒在地。女儿喊，

属于儿子的八个烧饼

爸爸！男人一动不动，眼睛紧闭。女儿再喊，爸爸。男人一动不动，呼吸停止。女儿就不喊了。她摸出父亲的手机，报警，然后，闭上眼睛，为父亲祈祷。果然父亲在救护车赶到以前坐了起来。父亲摸摸脑袋说我做了一个梦，梦里，天使把我送了回来。天使长着你的模样，天使唤我爸爸。

女儿咯咯地笑。那一刻，她终于相信自己是真正的天使。

这之前，为让女儿相信，男人做了很多。比如他让冰箱里突然多出一盒冰淇淋，比如他让烤箱里突然多出一只烤鸡，比如他让窗台上突然多出一盆雏菊，再比如，清晨醒来，女儿的床头，突然斜倚了母亲的照片。母亲笑眯眯地看着女儿，女儿将母亲捧起，一遍遍亲吻着母亲的脸。即使夜里，即使睡去，也不肯放手。

她是真正的天使。只要祈祷，她能拥有天使的能力。男人一次次这样说，女儿便信了。

男人嘱咐女儿待在地下室里等他。男人说我不但能给你带回面包和水，还能给你带回巧克力。

可是外面在打仗。女儿说，打仗，子弹到处在飞。

男人说你忘了你是天使。你只需为我祈祷，为面包、水和巧克力祈祷，我就能安全回来。现在，跟我念，让子弹别飞，让子弹别飞……

男人走出地下室，走出院子。城市早已变成废墟，到处都是冰冷或者滚烫的尸体。男人想不到城市的防线如此脆弱，更想不到城市的游击队如此顽强。城市沦陷多日，战斗仍然不止。每一扇窗户都可能射出子弹，将一个活动的头颅射穿或者劈开。

男人走出两条街，爬进一个炸烂的食品店。男人从废墟里找到两袋面包、三瓶矿泉水和一块已经融化的巧克力。男人从一具失去下肢的尸体上爬过，又从尸体的手里，夺走一条步枪。男人回到防空洞，女儿还在念，让子弹别飞，让子弹别飞……

男人抱紧女儿。他说现在我们不但有了面包和巧克力，还有一条枪。有了枪，谁也别想动我们一下。

然后，夜里，男人听到连成一片的脚步声。脚步声越来越密集，在他们的头顶上翻滚不止。男人抓紧步枪，身体护住女儿。少顷一颗脑袋探进来，盯住男人和男人手里的枪。脑袋说，把枪扔了，把手举起来。

男人很想扣动扳机，可是他终没有那样做。他知道扔掉枪还有机会，尽管机会很小，但毕竟是机会——因为女儿，他不想成为英雄。他牵着女儿，顺从地走出来，却被拖到了墙边。他给长官跪下，他说，我是平民，请放过我们。

你手上有茧子。

我靠手艺吃饭。请放过我们。

你有枪。

我很害怕。我得保护女儿。

你藏进地下室。

我真的很害怕。我得保护我的女儿。

长官冲他摆了摆手。摆了摆手的意思是，不必再说了，不用再说了。长官命令士兵端起枪，然后，走到一边，点起

属于儿子的八个烧饼

一根烟。

那么,求求你,放过我的女儿。男人冲长官的背影磕一个头,她还小,别让她死在童年。

长官抽着烟,不说话。烟将他的眼睛熏红。

男人将女儿抱起。男人亲吻了女儿。男人泪流满面,泣不成声。男人对女儿说,原谅我。

我可以祈祷啊!女儿将嘴巴凑近男人的耳朵,他们不知道我是天使。

是的,我的天使。男人哽咽着,闭上眼睛吧。

女儿就闭上眼睛。闭上眼睛的女儿充满自信地说,让子弹别飞,让子弹别飞,让子弹别飞……

让子弹别飞。

143

入侵者

这是我们的土地,我们的母亲,我们愿意用生命将她捍卫。

话是王说的。对他的勇士,对他的百姓。

王的土地,安静并且富庶。田野、炊烟、流水、教堂、古老的王国,一成不变。王的百姓世代生活在这里,劳作、歌唱、抚琴、舞蹈,信仰独属于他们的神灵。王和百姓都认为这里永远不会遭到侵犯,然入侵者还是来了。十万武装到牙齿的异族骑兵轻而易举地拿下王的北方小镇,然后一路往南,逼近都城。王匆忙集结的队伍不堪一击,从前线逃回来的士兵告诉王,这不是战争,这是屠杀。王点头,表示同意,然后,摆摆手,兵就被处死了。王不会放过任何逃兵,王的土地上,绝不允许有贪生怕死之辈。

王派出他的第二支队伍,然后,第三支庞大的队伍开始集结。第二支队伍是去送死,士兵们唯一的任务,是将敌人

属于儿子的八个烧饼

尽可能拖住。第三支队伍才是真正的队伍,王不仅亲自挂帅指挥,还押上王国的所有:最精良的武器,最坚固的铠甲,最强壮的战马,最充足的粮草,最勇敢的士兵,最严明的军规……

如王所料,第二支队伍全军覆没。可是他们将敌军拖住整整十天,十天时间里,敌人没有前进一步,王的第三支队伍却已经开赴前线。战斗极其惨烈,所有人都知道,假如战败,他们会失去生命,他们的父亲和孩子会沦为奴隶,妻子会受尽凌辱……更为可怕的是,他们将会失去祖先留给他们的土地……

战局在第五天开始扭转。王的队伍终于不再撤退,他们将敌人死死扎在河的对岸。这不但是王的功劳,士兵的功劳,更是百姓的功劳——孩子们为锻造兵器的铁匠拉起风箱,姑娘们为受伤的士兵包扎伤口,妇女们赶制着冬衣,老人则跪倒在神灵的塑像前,默默为每一名士兵和每一寸土地祈祷……

半个月以后,敌军开始撤退;一个月以后,敌军开始溃败;两个月以后,仅余的三万异族骑兵被困山谷。此时战局明朗,王只需一场大胜便可将敌军彻底消灭。夜里,王招来他最博学并且最信赖的谋士,王想采取一种最稳妥并且代价最小的方式。

可是我们不必将他们杀干净。谋士说,我们只需要将他们赶走……

他们是入侵者。王握紧拳头,我绝不会让任何入侵者活着离开我们的土地!

可是代价太大。谋士说，如果将他们全都消灭，我们至少还会牺牲三万名年轻人……

为了最终的胜利，战至一兵一卒又有何妨?

可是王，您知道异族为何会突然侵犯我们吗?

因为他们看上了我们的土地。

也许是这样。不过他们似乎认为，这土地也应该属于他们……

无稽之谈!王说，我们世代生活在这里，让这片荒蛮之地变得美丽并且富饶。他们为这片土地做了什么?他们不但什么也没有做，还发动战争，屠杀百姓……

可是王，您真的要不惜一切代价吗?

我说过，我已经决定了!王抡起拳头，将木几捶得"咚咚"有声。

王与谋士，最终决定挖一条暗道。暗道从小镇开始，一直延伸到山谷。然后，王的五千战士会突然出现在敌军的阵营，烧毁他们的营房，捕杀他们的首领，让他们措手不及。王和谋士将这次行动称之为"天衣"，将这条地道称之为"卫国暗道"。

清晨，"卫国暗道"开始动工。几百名志愿者轮流挖掘，进度惊人。可是挖到接近山谷的地方，他们遇到了麻烦。数不清的深埋在地下的石碑阻挡了暗道的推进，他们必须在这里，绕一个很大的弯。

他们请示王。王和谋士进入暗道，王被眼前的景象吓呆了。

石碑如此之大，如此之多，令王匪夷所思。王推断，多年以前，这里也许是一个古老的广场。王趴上石碑，却看不懂那些碑文。王向谋士请教，谋士只一眼，便说，这些石碑，至少存在了五千年。

怎么可能？王说，我们的王国，不过两千年历史。

这不是我们的石碑。谋士说，这些石碑，属于进攻我们的异族人。

你确定？

我确定。谋士说，我不但确定这是异族人的石碑，并且知道碑文的意思。事实上，尊敬的王，我不得不告诉你，真正的入侵者，其实是我们。

你先告诉我，石碑上写的是什么？

谋士便趴上石碑，一字一顿地念起来：

这是我们的土地，我们的母亲，我们愿意用生命将她捍卫。

世间决战

决战在即。决战一触即发。

为这次决战,我们准备了两年。

两年时间里,我们一直在锻造一柄举世无双的大刀。

世间所有最先进的技术全被我们拿来,用来锻造这柄大刀。纳米技术,航天技术,核技术……

待决战时,大刀将握在我的手中。我是至高无上的将领,我将统率千军。

大刀被按时锻造出来,它寒光逼现,吹锋断发。一柄威力无比的大刀,一柄战无不胜的大刀。

对方也在锻造一柄大刀。他们也用去整整两年时间。

他们也将所有最先进的技术全都用了上去。纳米技术,航天技术,核技术……

大刀锻造成功之时,他们说,那柄大刀,绝对天下无敌。

属于儿子的八个烧饼

他们要用这把大刀报仇。报两年以前的仇。两年前他们输给了我们,现在他们求胜心切。我们的决战,每两年一次。

两年一次的决战,世间最惨烈的规模最大的决战,可以解决世间所有争端的决战。

所有争端。你想到的,你想不到的,你可能会想到的,你绝对想不到的……

决战在即。决战一触即发。

我身穿铠甲,肩扛大刀。我的头发在风中飞扬,我胳膊上的肌肉蹦跳不止。刀锋映照夕阳,夕阳将决战前的世界,变成一片浩瀚血海。

战鼓响,身后五千铁甲齐声呐喊。

我的面前站着他们的将士,他强健的肩膀上,同样扛一柄大刀。

大刀坚韧并且锋利,将我们的呐喊齐刷刷削成无数段。

他的嘴角,挂着必胜的微笑。

然而我们都知道,这是决战,容不得半点松懈和马虎。决战包含了太多内容,决战代表着太多东西,决战可以解决所有争端,决战可以决定所有事情。

我大吼一声,大刀突然从肩膀上蹦起。大刀卷起一阵腥风,将一只误打误闯的苍蝇斩成大小均匀的两截。大刀继续向前,抖出凄厉恐怖的颤音。大刀划着残忍的弧线,劈向微笑的报仇者,劈向他迎过来的大刀。

大刀与大刀碰到一起，绚烂的火星四溅。声音惊天动地，掩起双方擂起的战鼓。时间刹那定格不动，对方的大刀瞬间折为两段。

决战便结束了。

两柄大刀相击，便是决战的全部内容。两年时间锻造一柄大刀，只为这一击。

无论我们还是他们，这一击，都足够了。

对方弃刀，抱拳，认负，说，两年后再决战——所谓的决战，仍然是两刀相击。

我们赢了。他们输了。

我们赢了，却要输给他们锻造大刀的最先进技术。他们输了，却能赢下我们锻造大刀的最先进技术。

我们赢了却输了，他们输了却赢了。这没什么好奇怪，这太过正常，我们和他们，一直这样。这是我们和他们的约定，我们和他们的规矩，我们和他们的道德规范，我们和他们的法律准绳。

并且，两年来的所有问题，所有摩擦，所有芥蒂，所有事端，将在分出胜负的那一刻，化为乌有。

所以，我们所生活的世间，绝不可能是你们所生活的世间。我们的世间，或许只是你们衣橱里的一角；或许你们的世间，只是我们衣橱里的一角；也或许，我们的世间与你们的世间永远不可能重叠或者相逢，我们的世间是存在于平行宇宙的另一个维度；更或许，我们的世间，不过存在于某一粒尘埃，某一首诗歌，某一个音律，某一闪意念……

属于儿子的八个烧饼

总之,这不是你们的世间。

可是不管如何,因为你们认定的那种奇异独特的决斗方式和胜负分配,我们与他们,永远没有厮杀,永远拥有所有世间最高超的锻刀技术……

社会万花筒之中国微小说系列丛书

手，枪

　　日本人来到门口，老人正坐在门槛上抽烟。狗安静地趴伏身边，舌头轻舔着老人的膝盖。听到动静，狗猛然蹿起，汪汪叫着，扑向来者。老人喊住狗，却没有站起。他的脸隐在灰白色的烟雾里，他灰白色的胡须随风飞扬。

　　日本人叽哩呱啦一阵，翻译低头走进院子。狗冲他龇起雪白的牙齿，鼻子上堆满皱纹，翻译倒退一步，脸上写满惊恐。您儿子昨晚被打死了。他对老人说，我很遗憾。

　　老人拍拍他的狗，狗再一次安静下来。老人面无表情地指指门槛，冲翻译说，坐。

　　翻译便战战兢兢地坐到老人身边。他带了九个人袭击了皇军的据点，翻译说，皇军两死五伤，您儿子和他的游击队全军覆没。

　　你们过来就是要告诉我这件事吗？老人的手，轻抚着狗的耳朵。

属于儿子的八个烧饼

当然不是。翻译赔着笑说,皇军怀疑他藏有枪支,要过来检查一下。您看行吗?

翻吧!老人摁灭烟,说,就算我不同意,你们也是要翻的。

翻译搓搓手,抱歉地笑笑。似乎,将老人打扰,令他非常不安。

日本人进到屋子,翻找得极为仔细。他们甚至拆掉了老人的锅灶,甚至将手伸进屋角的鼠洞,甚至将整间屋子像箩筐那样倒过来拍打。一无所获的他们走出屋子,冲迎上去的翻译叽哩呱啦一阵,翻译便再一次走到老人面前。

论辈分,我得管您叫叔。翻译说,所以我希望您能配合。配合我就是配合皇军,配合皇军,就是对您的性命负责。

过来坐。老人指指门槛。

翻译只好再一次战战兢兢地坐上门槛。皇军刚才问您,您儿子平日里,跟谁走得比较近?翻译一边说,一边警惕地看着卧在身边的狗。

赵三。老人再一次拍拍他的狗。

赵三死了。翻译说,昨晚被打死的。您知道赵三死了是不是?您知道,所以您说赵三……

还有赵六。老人卷起第二炮烟。

赵六也死了。翻译为老人点上火,叔,求求你跟我配合。您不配合的话,皇军什么事情都干得出来……您还知道什么?

153

我什么也不知道，老人说，他有什么话，从不肯告诉我。

那您知道他是游击队队长吗？

知道。

您为什么不阻止？

我为什么要阻止？老人看着翻译，说，你儿子与闯入你家的强盗搏斗，你是会阻止，还是会帮忙？

不一样的。翻译搓搓手，说，您得承认现实。现实是，我们不停地打败仗并且看不到任何能打胜仗的迹象。这种时候，保住一条命，比什么都重要……

日本人终有些不耐烦了。他们冲翻译打起手势，翻译急忙站起来，哈依哈依两声，然后，对老人说，求您了，配合我。

怎么配合？

您知道枪吗？

不知道。

他跟谁交往密切？

不知道。

叔，那我可能帮不了您了。

翻译小跑到日本人面前，叽里呱啦地说话。从表情和手势上，老人知道他正在为他求情。可是从日本人的表情和手势上，老人知道，他必死无疑。

老人站起来，狗跟着老人站起来。老人走到墙边，狗跟着老人走到墙边。老人伏下身体，一遍遍亲吻他的狗，狗

属于儿子的八个烧饼

呜呜咽咽,舌头舔着老人的脸。老人指指门口,说,大黄,去吧!狗仍然呜呜咽咽,不肯就范。老人咬咬牙,一脚踹出去,狗翻一个跟头,脑袋撞上门槛。狗爬起来,盯着老人,试图重回老人身边,却被老人再一脚踹开。狗一步一挪,终走到门口,又回头,泪花闪闪。老人看看翻译,说,关上门吧,别让大黄受惊。

此时的日本人,正将一支枪往翻译手里塞,翻译先是笑着推辞,然后变成哭着推辞。他给日本人跪下,脑袋磕得如同小鸡啄米。叔,你就招了吧!他扭头看着老人,哭嚎着。

我说过了,我不知道……

我不杀你,他们就会杀死我的。翻译接过日本人硬塞到他手里的枪,站到老人面前,脸色苍白,身如筛糠。他将枪举起,放下,再举起,再放下。他的眼泪早已将一张脸冲得没了形状。

你不杀死我,我也会杀死你的。老人看着翻译,说,信不信我的身上,藏着一把手枪?

翻译愣住了。

老人的手,突然伸向怀中。那一刻,翻译的枪,便响了。子弹击中老人胸膛,老人却并没有倒下。他从怀里抽出手,他的手里,空空如也。空空如也的手却扮成手枪形状,拇指朝上指向天空,食指朝前瞄准翻译。然后,老人微笑着,拇指轻轻一勾,做出射击的动作。伴着那动作,老人从嘴里发出胸有成竹的"怦"的一声。声毕,翻译瘫倒在地,口吐白沫,四肢抽搐。

翻译从此没有站起来。直到战争结束，直到他老去死去，他也没有站起来。

他真的瘫了——被一把虚构的手枪打倒，被一枚并不存在的子弹击穿。

属于儿子的八个烧饼

血

他们躲进深深的草丛，整整两天。家近在咫尺，却不能回去。他们甚至不能走出草丛——树林里到处都是荷枪实弹的士兵，他们绝不会放过任何一个活动的目标。

因为他们恐惧。

他们恐惧，所以必须射杀所有百姓；他们更恐惧，因为他们就是百姓。之前他们甚至没有见过杀牛、杀羊、杀猪、杀鸡，可是他们打过来了——他们打过来，活生生的村人瞬间成为尸体。尸体堆在村子的谷场中，如同死去的牛、羊、猪、鸡。他们将坚硬的地面变成血的沼泽，又将沼泽变成长满血痂的硬地。苍蝇盘旋俯冲，野狗成群结队，腐臭铺天盖地，到处都是残肢、毛发、孤零零的脑袋、缠绕在一起的肠子……

弟看看姐。弟说，我饿。

别出声。姐捂住他的嘴巴。

我饿。声音从指缝间挤出。

忍着。又一只手捂上去。

没办法再忍。他看到子弹击穿太阳,太阳嘭地炸开,成为极小的碎片,暗绿色、紫黑色、苍白色,或者幽蓝色,悬浮,飘动,又在碎片间藏了绿色的眼睛,又在眼睛间藏了红色的血滴,又在血滴间藏了灰色的子弹。他还看到死去的爹娘——爹的脑袋缺掉一半,娘拖着早已失去的腿。他们相互搀扶着来到他的面前,抚摸他光光的脑瓢。娘笑眯眯地将一张烙成金黄的饼掰开,他一半,姐一半。他用力眨眨眼睛,爹和娘都不见了,金色的太阳坠入林莽,一棵狗尾草摇摆不定。

饿。他舔舔嘴唇,说。他的嘴唇裂开一条条深深的血口,他听到砂纸打磨瓦砾的声音。

姐摁低他的脑袋。

家里有吃的。他说,锅里,一张饼。

再忍一忍……

我要回家。他推开姐的手。

姐紧张地抱住他。姐烫得像火。姐的嘴唇被烙出一串白色的水泡。水泡发出嘭嘭啪啪的破裂之音,似乎姐正在干涸和爆炸。

我要回家。他说,我想吃饼,喝水……

最终他留在草丛,姐爬了出去。姐爬得很慢,仿佛一条紧贴地面的扁平的水蛭。他从一数到三十,姐爬出一步。他从三十数回一,姐又爬出一步。姐甚至像变色龙那样不断将身体变幻成各种各样的颜色和花纹,姐与身边的石头和杂草融为一体,难分彼此。姐爬到谷场,凝结的血让那里光滑得如同冰面。姐攀越了堆砌得高高的尸体,姐惊恐并且悄无声

属于儿子的八个烧饼

息地从脖子上摘下一段墨绿色的肠子……

他打一个盹儿,醒来,紫色晚霞里,紫色的姐还在爬;他打一个盹儿,醒来,灰色暮霭里,灰色的姐还在爬;他打一个盹儿,醒来,白色月光里,白色的姐还在爬;他打一个盹儿,突然,他被枪声惊醒——先一声,然后是连到一起的三声。四声响枪之后,树林重回死寂。他伸长脖子,他看到剪影般的月亮和剪影般的太阳。

中午时分,他爬出草丛。他像姐一样紧贴地面,他从土地的深处闻到腥咸的血的气息。他从一数到二十,爬出一步,再从二十数回一,再爬出一步。他越过高高的尸体堆,在那里,他几乎找不到一具完整的尸体。他真的看到了爹娘,他看到的不过是爹的一条胳膊和娘的一条腿。他越过爹的胳膊和娘的腿,饥饿、干渴和恐惧让他无暇悲伤。

他爬,他看到家。他爬,他越过高高的门槛。他爬,他看到年幼的姐。姐已经死去,睁着眼,一只手护在胸前。他爬,他从姐身上一滚而过。他爬进屋子,他没有找到饼。

他喝掉足够的水,重返院子。他翻动姐,他看到金黄的烧饼。饼掖在姐的胸口,饼被子弹射出四个圆圆的小洞。他抢过饼,咬一口,再咬一口,又咬一口。饼让他安静,给他安慰——他嚼到饼的香,血的腥。

是姐的血。姐的血将饼浸透,让饼柔软然后坚硬。饼在正午的阳光里闪烁出陶般的紫黑光芒。他举着饼,一直吃,一直吃,一直吃,一直吃……他将饼吃得干干净净,未漏下一粒残渣。

烟　斗

王对邻国宣战，出乎所有人的意料。

近年风调雨顺，国泰民安，国家距离战争，已经太过遥远。邻国也是。两个王的爷爷便是莫逆之交，到了王这一代，更是亲如手足——邻国之王送王一匹千里马，王马上回送邻国之王十箱赤足金，邻国之王再回送王百位绝色美女，王无以回报，便将一只烟斗送给了他。那只烟斗曾是王的爷爷的爷爷的心爱之物，仅一个烟嘴便价值连城。叼上它，立刻就有了王的样子，可以一统江山，目空一切。

作为大将军，我第一个站出来反对。我说我们的百姓并不需要江山，他们需要的，只是安稳的日子。王瞅我一眼，说，我已经决定了。我说可是我们需要一个宣战的理由。王说，解放邻国受苦的臣民，便是理由。我说最为重要的是，以吾国之力，根本没有取胜的把握。王再瞅我一眼，说，我已经与西北四国立下盟约，到时候，五国握成拳头，十天之

属于儿子的八个烧饼

内,必取之。

可是战争并非如王想象得那般轻松。单是打过邻国边界,就耗费半月有余。镇守边关的邻国将士完全以死相拼,似乎王将他们送来,就是让他们与我们同归于尽。到最后,他们高呼着王的名字,将身体涂满油脂,点上火,号叫着冲进我们的炮营。爆炸声和哭喊声惊天动地,到处都是残肢断臂和凌乱缠绕的肠子,场面恐怖、惨烈,我们损伤惨重。单是这样的代价,我想,纵是明天就将邻国占领,也不值。

但其实,战争才刚刚开始。队伍每推进一步,都会受到最为顽强的抵抗。邻国自知不是我们的对手,他们采取的战术,便是战至一兵一卒。几乎每一座被我们攻下的城池都是空城,既见不到士兵,亦见不到百姓。房屋被烧毁,骡马被宰杀,粮食被掩埋,兵器被折断——他们不想给我们留下任何东西。

每一座城池的外围,山一般堆满我们的尸体。我多次请求王放弃这场战争,终于将王惹恼,他说你再胡说八道,我就将你斩首。我不想被斩首,更不想看着我们的士兵毫无意义地死去。每一天,战场上的我,心如刀绞。

一年以后,我们终于打到邻国国都。那里聚集着邻国所剩无几的军队和所剩无几的国民,那是他们最后的希望。防线被一次次撕开,又被一次次补上,终于,当最后一名士兵死去,我们扑进了城。

城已经空空如也。

吾王和西北四国之王信步狼藉的皇宫。

我们找到了邻国之王。当然，那只是一具尸体。当最后一名士兵死去，他绝望地将一把尖刀捅进自己的胸膛。

王看到了那个烟斗。烟斗躺在邻国之王的身边，距鲜血，咫尺之遥。王将烟斗捡起，擦了擦，迫不及待地装上烟，大口吸起来。

西北四国之王却在屋角展开邻国地图，将一个国家像蛋糕那样切成四块。他们每人分到其中一块，却完全没有把我和王放在眼里。

作为大将军，我当然提出抗议。他们却异口同声地说，这是与王早就签订的协议。你的王，不需要一砖一瓦，一针一线。

我惊愕，问王，真是这样？

王满足地吐出一口烟，说，是这样。

可是这怎么行呢？我说，为这场战争，我们耗尽千两黄金，战死百万士兵。而当战争胜利，你却什么也不想得到。吾王能否告诉我，这到底为什么呢？

为了我的烟斗。王再一次将烟斗装满，说，战争只是借口——我需要一个借口来讨回我心爱的烟斗。

战　友

　　兵走出丛林，惊恐地端起了枪。他做出射杀的姿势，射程之内，他可以将一只苍蝇精确地终结。类似险境他遭遇过多次，每一次，他都是最终的胜者。他看到对方像一只鸟或者牲畜般飞向天空，身后，血光绚烂。

　　兵没有扣动扳机。这是他遇到的第一个背对他的敌兵。敌兵像木桩般站着，拎着水壶和枪，头盔如同农夫的草帽。兵单膝跪地，枪口瞄准他的脖子。兵说，不许动！

　　敌兵抖了一下，举起手。

　　兵说，扔掉枪！

　　敌兵扔掉了枪。

　　兵说，慢慢转过身！

　　敌兵没有动。

　　兵走过去，踢开他扔掉的枪，打掉他的头盔。失去枪的敌兵不再是兵，他变回牙医、银匠、售货员、农夫、商人、学生、卡车司机……他甚至变成猪,变成狗,变成靶场上的靶子。兵命令他,转过身来!

敌兵没有动。

兵绕到他的面前,枪口捅进他的嘴巴。敌兵没有动。兵将枪口残忍地搅动,敌兵牙齿纷纷脱落。敌兵没有动。兵说,走!

敌兵不动。

兵说,现在我可以随时将你杀死。走!

敌兵不动。现在我也可以随时将你杀死。敌兵瞅瞅脚下,说,其实,你也是我的俘虏。

兵愣了愣。敌兵的一只脚深陷沙砾。

敌兵笑了。你猜得没错,他说,我踩到了地雷。

兵后退一步,枪口指着他的脑袋。兵汗如雨下。

你最好别动。敌兵说,这个距离,正好同归于尽。

兵说,真以为我相信?

敌兵说,你可以试试。

兵被钉在那里,如同双脚同时踏上一颗地雷。他的枪口仍然指着敌兵的脑袋,可是那枪已经开始晃动。阳光雪白并且毒辣,汗水淌进兵的眼睛,兵看到红色的世界。时间过去一个世纪,兵瞪大眼睛,面前的敌兵如同树桩般僵硬。

看来我肯定活不成了。敌兵的身体开始摇晃,或者被射杀,或者被炸死……即使你不打死我,也会有另一个兵。战场上射杀一个兵,远比将他俘虏安全和容易得多……

兵将枪口对准敌兵的脖子。

属于儿子的八个烧饼

你不必害怕。敌兵身体摇晃得越来越大,你害怕也没有用。我杀死你,远比你杀死我容易得多……我只需抬起腿,或者倒下去……我怎么做都行,你难逃一死……似乎我坚持不了多久了。这绝不是好消息,对我对你都是如此……你相信吗?我已经在这里站了整整两天……一动不动的两天。你想过自己会这样死去吗?穿着刚刚分到的军装,端着装满子弹的步枪,背着足够的水和干粮,来到战场……你害怕遇到敌人,你渴望遇到敌人……突然脚下一软,一陷,你的脚知道,你踩上了地雷……你只能一动不动,一动不动,忍受劳累、饥渴、恐惧、绝望,任生命从体内一点一点溜走……然后,总有那么一刻,"轰"一声响,你不复存在……什么都不会留下:军装、枪、水壶和干粮、脑袋、躯干和四肢,骨骼和内脏,甚至名字……这是我的第一场战争,你是我遇到的第一个敌人……我好像真的坚持不了太久……

兵将枪口对准他的胸口。兵悄悄往后挪动脚步。

你有妻子吗?

兵不说话。

孩子呢?

兵不说话。

我的一个女儿……她很漂亮,左脸颊,有可爱的雀斑……

兵开始颤抖。

你可以退得更远一些。敌兵突然说,退得更远一些,躲到石头后面,然后将我射杀……很奇怪吗?我也很奇怪。我

165

居然会放过你。也许因为你是我的俘虏吧？还因为现在，你远比我恐惧……我不能够杀死俘虏，俘虏不再是兵。他变回牙医、银匠、售货员、农夫、商人、学生、卡车司机……当然，我放过你，还因为你有一个女儿。你不说我也知道。你有一个女儿，天真，可爱，扎长长的马尾……

兵在后退。兵终于退到石头后面。兵一直端着枪。兵将枪口重新对准敌兵的脑袋。敌兵身体摇摆，兵瞄不准他。敌兵开始笑，抹起眼泪。敌兵说几乎所有的战争，都标榜是伟大的，可是什么伟大的战争，能比生命更伟大呢？

兵终于扔掉了枪。兵在扔掉枪的同时骂出一句粗话。兵在骂出一句粗话的同时号啕大哭。兵一边哭一边跑向敌兵。兵说你再坚持一会儿，我想把这颗地雷抠出来……

你会排雷吗？

我可以试试……

也许你也会死去……这远比射杀我危险……

你是俘虏，你不再是兵……我想有一个活着的俘虏……

还因为你有一个女儿？

我有一个女儿。

脸上也有雀斑？

也有。兵抬起头，笑笑。

兵在兵面前跪下，兵是兵的俘虏。兵将手探入沙砾，兵为兵排除一颗地雷。兵一动不动，为他的俘虏，为他几分钟，或者一生的战友。

一声巨响。兵和兵，满天碎片……

战　壕

　　一开始戈壁上没有战壕，那里只是广袤空寂的戈壁。戈壁上散落着两排房子，国界线从中间划开，戈壁被分成不均等的两块。可是两排房子距离如此之近，你可以清晰地听得到对方的交谈甚至咳嗽。

　　每一天他都无所事事。他躺在沙地上，看昏黄的天空，把枪胡乱地丢在一边。那边有人吹起口琴，曲子被黄风刮得支离破碎，却将他的两只耳朵灌满。坐起来，看到吹琴的士兵了，有着和他一样魁梧的身材，一样粗壮的胳膊，一样忧郁的表情，一样无所适从的青春岁月。

　　甚至，就连他们的五官，都是那般相像。他们就像兄弟，他想，如果两个人站在一起，除去军装，即使最挑剔的人，也会把他们当成兄弟。

　　一曲终了，对方抬起头，雾蒙蒙的眼睛打量着他。他笑笑，竖起大拇指。对方也笑，脸上有了拘谨和羞涩。连他们的性格都有几分相似吧？入伍以前，他也是那样的腼腆和木讷。

两群兵，守在国境线上，守着自己的国家。更多时候，他们感觉对方就是他们的战友。根本不需要交谈，他们完全可以用动作和眼神彼此交流。

可是形势陡然紧张。他们在梦里被野蛮的长官喊醒，每个人分到一只铁锹，在房子前面挖起战壕。他们不知道发生了什么事情，他们只知道服从。战壕挖得很深，沙袋垒起射击孔，射击孔里塞上枪管，兵们各就各位，似乎大战近在眼前。他直起身子，看着对面，看着近在咫尺的对方战壕。这样的距离也许根本用不到机枪、步枪、冲锋枪，只需一根长矛，就可以将对方刺杀。

可是戈壁滩上依然平静。有时兵们爬出战壕，坐在沙地上打牌抽烟，将一泡长长的尿液射向天空。那个年轻的士兵仍然喜欢在黄昏里吹起口琴，琴声让他泪流满面。他喜欢那个士兵，他们常常相视而笑，他认为他和那个士兵，已经成了戈壁滩上的朋友。

夜里他们再一次被长官的皮靴踹醒。他们睡眼蒙眬，把地雷密密匝匝地排在战壕前面狭窄的空地上。那是极为奇异的一幕，以国境线为界，他们把地雷埋在这边，对方把地雷埋在那边。完全不避人，双方的士兵甚至碰了肘弯或者踩了脚趾。那里是如此逼仄，地雷们塞进去，就像将一颗颗土豆塞进空间很小的纸箱。长官说这是为了防止对方步兵的突然攻击，他不信。如果真要攻击，这些地雷有什么用呢？士兵们只需先助跑，然后一个鱼跃……

属于儿子的八个烧饼

他们真的在虚张声势。有人告诉他,真正的工事在他们身后十公里处,那里聚集着几个营的兵力,他们是真正的王牌军,战场上鲜遇对手。那里战壕连成了片,那里有地对空炮火和反坦克火箭炮。那是一处堡垒,坚不可摧。而他们所做的一切,只是将对方麻痹或者欺骗。当战争爆发,他们只需要撤退或者被对方击毙。

或许对方所做的一切也是如此用意吧?他想肯定是这样。

似乎战争一触即发。在夜里,他们搂一杆枪,挤睡在寒冷的战壕。白天时他将头探出去观察,他发现对方也在观察他们。面前如同放了一面巨大的镜子,除了军装不同,动作和表情都是相同的。

趁长官不在,他和几个兵爬出了战壕。他们坐在沙石上静静地抽烟,感受正午阳光的炽热。他看一眼对方的战壕,再一次看到那个年轻的兵。兵托着一支枪,正在认真地向他瞄准。他惊呆,恐惧,不敢动,也不能动。后来他强递给对方一个微笑,兵却没有理他。那一刻悲哀和绝望涌上心头,那一刻他想起远在家乡的母亲。然而那支枪,终究没有响起。他看到枪口稍稍移动,瞄准另一个兵的头颅。然后,再移动,再瞄准。托枪的兵就像一尊活动的雕像,身体,还有表情。

他们再也不敢爬出战壕。每个人的精神高度紧张,几近崩溃。每天他们都在盼望战争。只要战端一开,他们就将撤走,或者死去。

战争终没有打响。长官突然告诉他们所有戒备彻底解除。长官说这是政治的胜利——战争拼国力，政治拼骗术——我们的骗术，高过对方一筹。

战壕失去作用。长官说，如果喜欢，你们可以在里面栽一排树。

生活再一次变得无所事事，黄昏时，他仍然喜欢躺上沙地，看血红色的天空。然他再也听不到悠扬的琴声，那个年轻的兵，再也不会吹响他的口琴。有时他们对视一眼，又匆匆移开目光，脸上尽是厌恶或者惊吓的表情。似乎他们真的经历过一场大战，似乎，他们变得不共戴天。

请求支援

你决定成为一名剑客,行走江湖。你认为时机恰好。

你的剑叫作残阳剑。这柄剑威力强劲,你可以同时斩掉十五名顶尖高手的头颅。你的独门暗器叫作天女针。你面对围攻,只需轻轻按下暗簧,即刻会有数不清的细小钢针射向敌手,状如天女散花。天女针一次可以杀敌八十,中针者天下无解。

靠着残阳剑和天女针,你打败了飞天燕,杀掉了钻地鼠,废掉了鬼见愁的武功。他们全是江湖上一等一的高手,他们全是杀人不眨眼的黑道魔头。从此你声名大振,投奔者众多。

现在你拥有一支军队,占有一座城池。你的军队勇士五千,良驹八百;你的城池繁华昌盛,鸡犬相闻。

你不停地和道上的兄弟签署着攻守同盟。你还和神枪张三、铁拳李四、一招鲜王刀结拜成兄弟。你们肝胆相照,荣辱与共。不求同日生，但求同日死。

所有的一切都是那么美好。你招兵买马，筑固城池。似乎四分五裂的天下不久之后就将统一，你将成为万人瞩目的头领或是君王，你将拥有无涯江山，无尽财富，无穷权力，无数美女。你沉浸在难以抑制的兴奋之中，你常常会在梦里笑出了声。

可是，鬼见愁突然杀了回来。

其实那天你并没有完全废掉他的武功。那天你有个小的疏忽。鬼见愁凭着多年的武功造化医好了自己，又用三年时间练就了一门邪道武功。现在他率精兵五万，包围了你的城池。

敌十倍于你，你并不害怕。因为你的勇士们个个以一当十。

你的五千勇士扑出了城。你试图将鬼见愁的五万精兵一举歼灭。你甚至想晚上就可以将鬼见愁的脑袋做成一个马桶。可是你很快发现自己犯下一个错误——鬼见愁的五万精兵，完全以死相拼。他们踏着同伴的尸体往前冲，极度疯狂。你砍断他的矛，他会用拳头打你；你砍断他的胳膊，他会扑上来撕咬你的咽喉；你砍断他的脖子，他还会在倒下去的一刹那，用脚踢一下你的屁股。尽管你的五千勇士个个骁勇善战，可是最后，他们不得不退了回来。

五千勇士，只剩三百。

鬼见愁精兵五万，尚有八千。

你关了城门，开始求援。

属于儿子的八个烧饼

你给神枪张三飞鸽传书,让他速来救你。几天后你得到消息,神枪张三早被一无名剑客杀于某个客栈。

你千里传音给铁拳李四,让他速来救你。铁拳李四回话说,现在我也被围,自身难保,如何救你?

你在城墙上放起求援的烟火,这烟火只有一招鲜王刀才能看懂。一会儿王刀放烟火回答你,他说,我正在攻城掠地,无暇管你。你好自为之。

无奈之下,你计划弃城。你已经管不了城里百姓的死活。现在你只想着自己逃命。

夜里你率剩下的三百勇士突围。那是一场惨烈的战争。你挥舞你的残阳剑斩下无数头颅。你的天女针霎时消灭掉鬼见愁八十名贴身保镖。可是当你抬头,你突然无奈地发现,现在,你只剩下一名勇士,而鬼见愁,尚有精兵一百。

你的天女针已经射完最后一根钢针。现在它成了废物。

你的残阳剑已经卷刃并且折断。现在它不如一把菜刀。

你和最后一名勇士逃回了城。鬼见愁甩手一镖,你的勇士就倒下了。倒下前他为你紧闭了城门。他忠心耿耿。

鬼见愁将城围起,不打不攻。他想将你折磨致死。

其实鬼见愁只剩士兵一百。你只需再有一把残阳剑,再有一管天女针,就可将他们全部消灭。可是现在你没有了武器,也没有了士兵,更没有了兄弟和朋友。你呼天天不响,叫地地不应。

等待你的,只有死路一条。

最后一刻,你终于想起了你妈。

你向你妈求援。

你妈六十多岁。

你妈是一位农民。

你妈连鸡都不敢杀。

你给你妈打电话,你说学校又要收学费了,五百块。你妈说,好。我马上照办。

你命令不了别人。你可以命令你妈。

你用这五百块钱给你的游戏卡充值。你重新为自己装备了残阳剑和天女针。你单枪匹马冲出城外,将鬼见愁和他的精兵杀个精光。

你保全了自家性命。你还可以行走江湖,招兵买马。

即使在虚拟世界里,最后一位给你支援的,也肯定是你妈。

属于儿子的八个烧饼

请求赦免

战鼓起,兵勇们越过国界。等待我们的是山崖上数以千计的弓箭手,我们中了埋伏,伤亡过半。

我是众多兵勇中的一员。将军说我们只是诱饵。我们的任务是将敌方的主力引诱出来,将我们尽情屠杀,然后放松警惕。这时我们左右两翼的主力就会强渡过河,以铁钳之势给他们致命一击。将军的话说得虽然委婉,但是我们都明白,我们的任务,其实就是送死。我们只能进,不能退。

我的朋友一个个倒下。他们没有将士的盔甲,没有突围的战马,没有撤退和进攻的命令。他们所拥有的,只有等待屠杀的生命。一支箭射中阿三的嘴巴,又从后脑勺穿出来。箭尖上滴着血,映出我恐怖变形的脸。阿三是一位英俊的少年,他只有十七岁。阿三爱上邻村的姑娘,他说打完仗就娶她为妻。昨晚在帐子里,阿三和我赌钱。他赢了很多,他知道那绝不是一个好兆头。阿三想输,可是他总也输不了。阿三搂着那一堆钱，一直哭到后半夜。现在阿三死去，世上不会再有他的哭声。

弓箭手们射完最后一支箭，悄悄退了回去。他们的主力仍未出现，我们的计划没有得逞。我们得到原地休整的命令，后方派快马为我们送来只够维持一天的粮食。我问将军粮食为何这样稀少？将军回答说，你认为一个人在临死之前有必要吃太多吗？他说的有道理。我们即将死去，不该浪费太多珍贵的粮食。

第二天天刚亮，我们就迎来更为惨烈的一战。对方的弓箭手重新爬上山崖，数量是昨天的十倍。他们一边轻松地聊着天，一边把我们像靶子一样瞄着打。他们展开比赛，射中太阳穴十环，眼睛九环，鼻子八环，嘴巴七环，脖子六环，身体五环……我们把盾牌围成一圈，人坐在里面，唱起悲壮的歌。我想我们即将死在异国他乡，我们的死毫无价值。也许他们根本没有主力，也许他们的全部主力，只是一万多名站在山崖上的弓箭手。

突然我听到美妙的炮声。山崖的弓箭手突然被我方炮火炸得血肉横飞。我们的铁骑终于杀了上来，他们在炮火的掩护下，向战场纵深不断推进。弓箭手被霎时间消灭，敌国的大门向我们敞开。我挥舞着长矛冲锋陷阵，现在我变成一名英勇的马前卒。坐在马上的是一位抡着双锤的将军，我的任务是保护他和马的安全。两天后我们摧毁了敌人的第二道防线，那里尸横遍野，满目疮痍。

敌人的防线一点点收缩，一步步后退。我们的弓箭手

属于儿子的八个烧饼

呈一字形排列,箭射出,多如牛毛。弓箭手的任务是射杀面前所有人,不管是士兵,还是百姓。终于我们攻临敌国的都城,那是他们最后的防线。

我们搭起云梯,开始攻城。我们的弓箭手射出一支支火箭,城楼被烧成黑色的炭;我们的发石器将巨大的石块甩上城楼,将守城的士兵砸成肉饼;我们的土炮瞄准城墙一角不断开火,直到把城墙轰出一个个缺口;我们的战车和兵勇不断地从那个缺口冲进去,又不断地遭受到强有力的阻击。我们的士兵一批又一批全军覆没,一批又一批疯狂地冲上去。那是极其惨烈的战斗,守城的勇士,直至战到一兵一卒。

最后一名士兵被我们砍死,我们冲进了城。城中尸体纵横,血流成河。我保护着我们的将军,闯进了皇宫。我看到敌国皇帝站在花丛间瑟瑟发抖。

将军轻轻地对我说,杀了他。

我点点头,将长矛刺过去。却并未刺中他的咽喉。最后一刻我刹住了长矛。一位仕女突然从花丛间闪出。她用身体护住了皇帝。

我愣住。我认识她,她是被掳去的我的情人。我一直深爱着她。想不到现在她成了敌国皇帝的仕女。

我说,你让开。

她说,除非你把我杀死。目光中充满坚毅。

我只好转身,请求身后的将军将她赦免。我说她只是仕女,这场战争,并不是她的过错。

将军说是这样。可是现在,要杀掉狗皇帝,只能先杀掉她。

川，纽约或者乌兰巴托。到处都是机警的警察，他们悄悄地跟在我的身后，腰间的手铐哗啦啦响。在大胡子的遥控指挥之下，我总能够在关键时刻化险为夷。他让我免去了牢狱之灾，我得感谢他。

常常想起朋友的眼睛，常常想起他的眼睛被我的子弹在一霎间击得粉碎。然后从梦中醒来，我一身冷汗，浑身战栗。屋子里暗了灯，我不知道自己是在宾馆还是古刹，新疆还是河南，名山还是大川，纽约还是乌兰巴托。好几次我几乎崩溃，好在，在逃亡的途中，还有她。

那么美丽多情的女子。那么温柔善良的女子。她有娇小的身子和嫣红鲜嫩的唇，她的身体总是散发着青草的迷香。大胡子把她送给了我，大胡子总是这样善解人意。我们扮成兄妹，以此来躲避隐藏在周围的多疑警醒的目光。我们同居一室，却只能小心翼翼地保持着看似安全的距离。

后来我爱上了她。再后来她爱上了我。这没有什么不好，这太过正常。可是我们仅仅可以眉目传情——大胡子严厉地警告过我，既然我们化装成兄妹，就应该有兄妹的样子。

大胡子的眼睛无处不在。

终于有一天，她壮着胆子吻了我。我说我们是兄妹。她说，我们不是，我们是情侣。我说可是大胡子说我们是兄妹。她说，现在大胡子不在。

于是大胡子出现了。当我们的唇分开，我发现，大胡子正坐在房间的沙发上，笑呵呵地看着我们。

属于儿子的八个烧饼

大胡子说，现在，你该逃亡了。

我说，现在我想恋爱，现在我不想逃亡。

大胡子说可是你必须逃亡。现在你必须扔下她，一个人继续逃亡。然后你在逃亡中会遇到第二位朋友，你们有了过节，你将他杀死。再然后，你遇到另一位美丽的姑娘……

我问他，为什么要这样？

大胡子说，没有为什么。观众需要就是所有的原因。说话时他手里拿着一个厚厚的本子。他身上的马甲有无数个口袋。

我说，可是你知道吗？我杀死了我的朋友，我和相恋的人不能够相守，这对一个人来说，实在太过残忍。这样的剧情，也实在太过庸俗和无聊。

大胡子笑了。他说我知道这很残忍也很庸俗和无聊，可是我有什么办法？这是电视剧，我们是为那些充满猎奇心而又忙于生计的观众们准备的。

既然忙于生计，那么剧情岂不是更应该加快节奏？

不。正因为这样，所以我们需要拖沓，需要不断地绕圈子，需要不断地用爱恨情仇来吊起观众的胃口。这样他们即使漏掉中间几集，也没有太大的关系——剧情不会因此中断，前后衔接天衣无缝。

你是说，其实他们只需要年初看一集开头，年末再看一集结尾，就可以了？

就是这个意思。

假如他们连开头和结尾都因为生计的奔忙而错过了呢？

那也没有关系。明年我们还会重播。

那么,你,我,观众,所有人,似乎都在做着一件毫无意义的、无聊的事情。

可以这样说。大胡子导演点点头说,所以,我想请求你,请求所有的演员,请求所有的电视观众们原谅。

尽管他满脸诚恳,可是我知道,这或许也是一种高超的演技。甚至,这句话的本身,也是整个剧情的重要组成部分。

不过,当你不小心看到这部由我主演的电视剧的时候,我还是想,请求你的原谅。

放龟记

与友人经过花鸟市场,见有小龟在卖。龟壳微红,龟眼黑亮,龟爪金黄,煞是喜人。

蹲下来看,随口问,多少钱一只?答,五十块。这才有些后悔,倒不是心疼钱,而是我一直养不好宠物。花鸟虫鱼,喜欢归喜欢,但到我这里,时间稍长,便无精打采,死伤惨重。忙寻个借口,今天没带钱。想不到朋友马上站出来,票子抖得哗哗响。我有!小龟便到我家了。

尽管悉心照料,小龟还是渐渐失去龟的风采。喂它鱼虾,偶尔择一口,像吃中药般费劲;喂它肉,喂它龟食,根本不予理睬。几个月过去,龟壳颜色不再鲜艳,眼神也开始黯淡。想,假如小龟继续在我这里生活,哪天有个三长两短,便是犯下罪过了。于是决定将它放生。

择个阳光明媚的日子,带上小龟,直奔市郊山脚处一个池塘。池塘不大,有蒲,有苇,有鱼,还有龟。蒲和苇为土生土长，鱼龟则多是人们放生所至。有人买鱼买龟，不为饲养，只为行善；也有如我这般，不忍看它死于己手。池塘边，繁花似锦，绿树成荫。

刚把龟放进池塘，便晃来一个垂钓者。垂钓者无视我的存在，拉开架式，甩出钓线。然后，优哉游哉地为自己泡了一壶功夫茶。

怎么能在这里垂钓？我提醒他说，这里的鱼多是放生过的。

可是并不等于全部。他说，现在无鱼咬饵，怎么能肯定我钩上来的鱼一定是别人放进去的？

——看来，今天我遇到的，是一个刁民。

那也不行啊！我只好继续提醒他，瓜田不纳履，李下不整冠，你懂不懂？去别的地方钓鱼不行吗？

当然行。他说，可是谁规定不能在这里钓鱼？法律吗？市规吗？

问题是，万一你钓上放生的鱼怎么办？

带回家吃掉啊！他说，既然他们把鱼放生，那么，鱼就不再属于放生者而属于大自然了，对不对？我从大自然里钓的是鱼又不是大熊猫，这不犯法吧？

——看来，我遇到的不但是一个刁民，还是一个难缠的喜欢狡辩的刁民。

难道你没有一点敬畏之心？我说，万一你钓上乌龟怎么办？也把乌龟杀了？

你的意思是杀鱼可以，杀乌龟就不行？他说，这叫什么逻辑？再说什么叫敬畏之心？假如我敬畏蚊子和苍蝇——别说这不可能——是不是我就可以指责你杀死我放生的蚊子和苍蝇？是不是我就可以对全世界宣称：打死苍蝇和蚊子是不对的！对不对？你敬畏的，不一定就是我敬畏的；我敬畏的，也不一定就是你敬畏的。所以你要谈论敬畏，最好去找有相同信仰的人谈。跟我谈，对牛弹琴了。

说着话，有鱼上钩。收线下网，好家伙，一条足足三斤多重的红鲤鱼。你也喜欢钓鱼吧？垂钓者一边将鱼从鱼钩上摘下，一边说，你在河里、在湖里、在水库里，甚至在大海里钓上来的鱼，又怎么肯定不是被别人放生过的呢？那怎么办？不钓鱼了？不吃鱼了？

我哑然。我喜欢钓鱼，也喜欢吃鱼。我不能肯定那些钓上来的鱼和吃到嘴里的鱼是不是经过了放生。可是看着那条鱼在他的手里挣扎，还是心生了恻隐。于是跟他商量，我买下这条鱼，然后把它放了。

伪善！他说，就算我收了你的钱，就算你放掉它，它肯定还会被第二次钓上来。那时谁来救它？你肯定不会，因为你看不到。因为你看不到，所以你心安，是不是？同样的道理，你放生的龟呢？假如哪一天它被钓上来，送进饭店，被杀死，变成菜肴，那么，最初的凶手是谁？当然是你。可是你仍然心安，因为你看不到。不过，无论你是否看到，你都是凶手。你决定了它的死亡，而不是捕龟者、厨师或者食客……

可我是为它好才将它放生的。我急忙辩解。

将土地刨得松软。自始至终他没有看我们一眼，他把我们和梨花当成了空气。终于老农开始歇息，一群文人争抢上前与他合影。

您太有型了。一个男诗人说，看这脸色，小麦的颜色；看这皱纹，荒芜的梯田；看这眼睛，温良恭俭，返璞归真；看这胡须，不屈不挠的野草……

老农笑笑，说，我的胡须是长出来的，你的胡须是做出来的。

老农说得没错。男诗人也蓄了一把浓密漂亮的胡须。只不过每天早晨，他都得对着镜子为他的胡须忙活至少二十分钟——他的胡须是一种人为的随意。

您的梨花美得让人心碎。男诗人说，每天在这一树树梨花间穿梭，每天闻着这一树树花香耕作，您应该很享受吧？

我一点都不享受。老人说，你们会觉得马路边的楼房漂亮吗？我就觉得楼房漂亮。每次进城，看不够……

这不一样。男诗人说，花是花，楼是楼……您看，这一枝，只开了一朵，这叫孤独之美；这一枝，簇拥了这么多，这叫争奇斗艳。深山千踪灭，唯有梨花雪……

可是在我眼里，它们早已不是梨花，而是一树梨子。老农说，我得靠梨子赚够钱，养活自己，养活老伴，买两头牛，买几瓶酒，给儿子交学费，翻新我的瓦房……你说的孤独之美，不行，秋天结了梨子，这个小树枝肯定承受不了，这朵花就得除去；你说的争奇斗艳，也不行，一个枝上的梨子太多，肯定结不大，更不会甜，所以，也得除掉一些。说

属于儿子的八个烧饼

着话,老人伸出手,将他认为多余的梨花全部摘掉。

文人们盯着那些被摘掉的梨花,恨得牙根直痒。

很残忍吗?老农笑了,手一指,往那边看。

那边,一地梨树桩!我们一直被这片"梨花雪"吸引,竟忽视了不远处的一地梨树桩!那些梨树被贴着地面锯断,却有几棵在又粗又老的树桩上抽出细嫩的新枝。新枝开出花朵,一朵,两朵……至多不超过五朵——孤独之美。

文人们尖叫着扑过去,赞叹,拍照,不约而同地用上了"震撼"这个词。震撼完毕,又开始骂娘。怎么能把这些梨树锯掉呢?谁这么败家子啊?

我把它们锯了。老农不知何时出现在我们面前,我就是你们说的败家子。

怎么能把它们锯掉呢?这次杀出来的是一位女诗人,它们一生守着这片土地,它们春天开花,秋天结果。它们为您的儿子结出学费,为您的老伴结出衣服,为你们一家结出牛和新房,怎么忍心把它们锯掉呢?

把它们锯掉,原因很多。老农说,比如那些枝丫实在太老,锯掉,让它们长出新桠,以便结出更多更甜的梨子;比如它们到了寿限,老到不能再结果,与其在地里慢慢腐烂,不如锯掉当一把柴;比如它们不再适合挂果,锯掉,是为了嫁接;至于这些树,因为它们实在不能为我带来收益,锯掉,让阳光进来,还能在树桩的间隙种上芋头、花生、玉米……

那也不必锯掉。女诗人说,您可以保留这些梨树,当成一处风景,然后多开荒地,用开荒赚到的钱养牛、养鸡、劈柴、喂马，你有一处房子，面朝大山，春暖花开……有道理吗？

有道理，却是诗人的道理，不是农民的道理。老农说，梨树结不出满意的梨子，就不再是梨树，而与杂草无异。就像你，长成这样，穿成这样，想成这样，假设来到农村，两天就把你赶跑了。为什么？因为你是农田的杂草，百无一用；当然，假设我进城，也一样。咱俩身份不同，理解自然不同……

可是这些梨树好可怜呢！女诗人抚摸着受伤的树，梨花带雨。

我知道你们回城以后，肯定会把照片传上网，配上文字，以告诉别人你们来了一趟乡下，回归了一次自然。但是，提醒你们一句，千万不要丢人。老农笑着说，事实上这一地树桩，只有五六棵是梨树，其余的，都是苹果树、杏树、樱桃树……连树都认不清，还"震撼""可怜"？小妮子，现在我问你，你还有资格在这里哭吗？

女诗人哭得更凶了。却不是因为受伤的梨树，而是因为受伤的自己。

老农拾起锄头，开始总结。所以你们这些高雅的文人，只能生活在书本上的梨园，却不能生活在现实里的梨园。听我的，走吧！就像城市不欢迎我，乡下也不欢迎你们。

老农直来直去，我们表情狼狈。女诗人边哭别走，边走边用高跟鞋猛踩地上的杂草。是时，忽听得老农在身后怒喝，别踩我的芋头！

我的妈啊！活了近四十年，我们才知道芋头长成这模样！

属于儿子的八个烧饼

吉庆街

　　吉庆街是武汉一条普通的小街。

　　去武汉,夜里,两友人请我去吉庆街喝酒。大排档延伸了整条小街,几乎座无虚席。席间来往穿梭着众多卖艺者,只需十块钱,便可以为你唱上一首。与友人边喝边聊,女孩就凑过来了。她怀抱一把琵琶,落落大方之中,稍有羞涩。她问我们要不要点首歌,声音很轻。我说,不要了。她说,是三十块钱一首。她的话让我意外,我想她应该说"八块钱一首"或者"五块钱一首"。将价钱高当成卖点,她可能是这条街上唯一敢这样做的歌手。

　　女孩娇小白净,椭圆脸,头发盘在头顶,很有些古典气韵。她独自一人,这并不多见。卖艺者多为组合,一奏一唱,更有七八个人的乐队,能演奏声势浩大的《土耳其进行曲》或者《黄河》。孤身一人的女孩和她怀里的琵琶很是扎眼,她站在我的面前,我闻到若有若无的丁香味。

我说,那来一曲吧。她说谢谢,坐下来,递我一张塑封的曲目单。曲目很少,且多是黄梅戏唱段。我说就来《十二月调》吧!我打出一个丑陋的酒嗝,那时我的模样或许就像孟姜女过关时把守关口的老爷。然女孩并不计较,她向我弯腰致谢,然后,琵琶如珠帘般响起,我听到了世界上最美妙的声音。

正月里来是新春,家家户户挂红灯。老爷高堂饮美酒,孟姜女堂前放悲声……五月里来是黄梅,梅雨漫天泪满腮。又怕雨湿郎身体,又怕泪洒郎心怀……

我发誓我从未听到过如此动人的声音。声音婉转凄美,弹性十足,催人泪下,直让人肝肠寸断。随着歌声,女孩眼角开始湿润,然后,突然间,泪如雨下。

……六月里来热难当,蚊虫嘴尖似杆枪。愿叮奴身千口血,莫咬我夫范杞良……

女孩变成孟姜女。孟姜女就是女孩。我想她可能哭过多次。在这条街上,在她唱到这里时。我不知道她是为孟姜女而哭,还是为她自己而哭。可是我坚信那不是表演。她的哭泣真诚,眼泪清澈。我无法不被她打动。

我掏出三十块钱,与友人匆匆逃离。我本来想给她五十块钱,可是我怕她伤心。

与友人寻得一处酒吧,弹了钢琴,喝了啤酒,我很快忘掉悲伤的女孩和悲伤的孟姜女。我甚至与友人玩起骰子,我总是输,便不停地喝。后来我喝多了,偶尔赢一次,也喝。我想那天我喝掉至少三十瓶啤酒——我喜欢纸醉金迷的感觉。

属于儿子的八个烧饼

从酒吧出来,已是凌晨。天空飘起雨,飘忽不定的灯光如同滴落宣纸上的淡彩。我们需要穿过吉庆街去对面马路打车,于是,我再一次看到女孩。

因下了雨,街上食客已经很少。然女孩仍然暗在角落,怀抱她的琵琶,安静地坐着,我想她也许被拒绝过多次。本不想再打扰她,可是她看到了我们。她冲我们招招手。嗨。

鬼使神差般,我们再一次坐到小吃摊前。女孩礼貌地凑上来,于是我们有了一些闲散的交谈。

怎么还不回家?

再守守。

一个人住吗?

几个女孩一起。都在这条街上唱歌。

唱几年了?

八年。

天天这样唱?

天天这样。

我盯住她。她多大?十八岁?二十岁?二十二岁?其实她完全不必在这里受苦,她那样年轻,面容娇美,能弹会唱,机会很多。可是八年里,几乎每一天,她都会怀抱一把琵琶,在一群顿着酒嗝的人的面前,进入到孟姜女或者自己的世界。

我告诉她,你唱得非常好,你应该参加一些选秀节目,你肯定迅速成名。她看看我,笑了。她说,谢谢。我不知道这一声"谢谢",是表示赞同,还是表示拒绝。

那天我非常世俗地要走她的电话。我对她说，我认识或者可能会认识一些电视台的导演，如果有类似节目，我可以给她打个电话。她再一次笑笑，说，谢谢。

我回到我的城市，日日奔忙。手机里的电话号码很快挤满，删了几次，终于将她删掉。我从没有给她打过电话，我想我以后也不会给她打电话。我或许并没有让她成名的能力，她或许会非常认真地拒绝成名。怀抱一把琵琶，在嘈杂中演绎一曲《十二月调》，或许就是她最踏实最安然的生活——吉庆街便是她的世界。

可是每隔一段时间，我便会想起她，想起她的歌声。也曾动了去武汉看她的念头，但每一次，我都被自己说服。她还认识我吗？这么多年，有多少个类似的我在酒后许下的多少个类似的诺言，或者，在长长的吉庆街，有多少个类似的她一边哭泣一边演唱着类似的《十二月调》？我不知道。我不想知道。

可是假如去武汉，假如我去，我一定要在夜里去吉庆街喝酒。我希望在那里遇见她，亦希望在那里遇不见她。

属于儿子的八个烧饼

老来巷

老来巷挤在市区,与繁华的城市不太协调。说是巷,其实是一条小街,"巷"只是延续了以前的名字。老人喜欢"巷"这样的叫法,他认为"巷"才是历史,才是生活。

老人喜欢老去的东西。

老人的摊位紧贴着一栋大楼的外墙,那里终年不见阳光。我以为是老人租不到合适的摊位,老人却告诉我,他是故意将摊位选在这里的。好东西不能见阳光,老人说,晒一次,品相就坏了。

老人的东西非常杂乱:小人书、古书、字画、门票、邮票、粮票……更多的是纸币。老人守着他的宝贝,一天又一天,一年又一年。小城搞收藏的人不多,有时候整整一天,也不会迎来一个真正的顾客。老人对我说,老来巷似乎被世间遗忘了,包括他的藏品,包括他。

每隔一段时间,我就来老人这里一趟。逢这时,老人便会跟我一一讲解他近来的收获：一张上海世博会的门票，某个工厂的菜票，一张小面值外币，或者，一本20世纪70年代的小人书。我问老人，您大概有多少藏品？老人说，满满八大箱。我问他，能值多少钱？老人想了想，说，没法估计。可能值几百万，也可能会一文不值。我问他，您的藏品不是都保真吗？老人说，保真也可能一文不值。说着话，他翻开一本集钞册，指着里面的一张"大团结"，说，这张钱在当时，可以让一家人舒舒服服地过个好年。现在呢？就算它能卖到一百块钱，也不过是一顿饭的花销。十块钱和一百块钱，哪个更值钱？我说，可是刚才您说的是，一文不值。老人说是这样。当时，这样一张钱可能是一家人生活乃至生命的保障，现在呢？不过是一件玩物而已。玩物有价值吗？可以价值千金，也可以一文不值。收藏钱，就是懂钱；花钱，就是不懂钱。或者说，收藏钱，就是不懂钱；花钱，就是懂钱。

老人常常说些高深莫测的话。高深莫测的另一层意思也许是，故弄玄虚。

我知道老人非常反感那些币商。不管他们出多高的价钱，只要老人知道他们不为收藏只是赚钱，就不会卖给他们。曾有币商看上老人的一张纸钞，连磨老人三天，价钱从三百块提到五千块，老人就是不卖给他。后来币商改变策略，让他十几岁的儿子前来，终如愿以偿。老人得知实情以后大病一场。他说他的钱落到不懂钱的人手里，那既是钱的悲哀，也是他的悲哀，更是历史的悲哀。从此以后老人更加

属于儿子的八个烧饼

小心翼翼，买他的藏品，得接受他近似苛刻的"审问"。

最让老人引以为荣的，是他从没有收过赝品。也许老人有些眼花，但仅凭感觉，他就能够辨别一张纸币的真伪。前段时间老人打电话给我，说有好东西给我看。去了，才知是一张建国初期的"大黑十"。老人一直试图收藏一套完整的第二套人民币，终如愿以偿。老人笑得很开心，我看到，两颗牙齿在他的牙床上轻轻地晃。

可是我很快发现了问题。尽管那张纸币非常逼真，我还是感觉它不太对劲。它通体闪烁着"贼光"，全然没有岁月的包浆。老人当然不肯认同我的看法，可是慢慢地，我发现老人的底气，开始变得不足。我安慰老人说，您应该不会看错……反正您又不打算卖掉它，自己收藏，开心就好。老人盯着手里的"大黑十"，不说话。老人的表情一点一点变得黯淡，直至悲伤。后来他告诉我，这张"大黑十"是他从一位朋友手里换来的，用掉他整整一箱的藏品。

老人太信任他的朋友了。老人太喜欢这张钱了。

——老人没有脱俗。对他喜欢的东西，对他喜欢的历史，他有着无比强烈的欲望——当欲望太过强烈，他便失去了判断的能力。

从此，再没有见过老人。据说老人再一次病倒，半个月不吃不喝，终于逝去。我宁愿相信老人的逝去与这张"大黑十"无关。

老人的摊位空了半年，后来，终被一个早点摊占据。我不知道老人的几箱藏品去向何处，但我知道，它们肯定不会落到不懂收藏的人手里，比如他的儿子，比如那些早对他的宝贝垂涎三尺的币商。

昨天去博物馆，竟然欣喜地发现，老人的"第二套"安安静静地躺在展柜里。我记得那些纸币的每一个号码和每一个污渍，我清楚地认识它们。我还见到，本应插放着"大黑十"的位置空空如也，如同一段无故失踪的岁月或者历史。

我朝那个位置，深躹一躹。

属于儿子的八个烧饼

伊河路

郑州于我们,大概只剩下一条伊河路。伊河路与小小说有关,与文学有关,与梦想有关,与快乐和痛苦有关。伊河路与忧伤有关。

夜里朋友约我喝酒,在伊河路上的一个小吃店里。这里距我们开会的酒店很近,距邀我们前来的杂志社很近。时值夏天,吊扇在我们头顶吱嘎嘎地旋转,我和朋友很快喝到醉眼蒙眬。笔会上的啤酒特别容易醉人,后来朋友说,他忘记了自己不会喝酒。

朋友是山东人,留着平头,戴着眼镜,身材稍胖,性格耿直。朋友做过很多事情,扛包、送奶、画画、经商……现在,他选择了写作。我知道朋友活得很累——仅凭低得可怜的稿费养活一家人,不用说也能猜得出来的生活状态。朋友对我说,他越来越觉得自己做的是一件毫无意义的事情。

因为我没能让家人生活得更好。朋友说,所以,其实我很自私。他打出一个酒嗝,将头扭向窗外。大街上的行人三三两两,男人们说着酒话,姑娘们嬉戏打闹,出租车鸣起喇叭,蝉在夜里唱起了歌。喧嚣让城市更像城市,又让城市变得肤浅。朋友转回头,盯住我的脸,问,我们比他们,多些什么?我说我不知道。朋友说,快乐。

朋友所说的快乐,是指写作的快乐,文学的快乐。当然我们都反感诸如"文字从指尖间流淌而出""美丽的句子跌落指尖"等此类华而不实的句子,我们认为这是杜撰,因为真正的写作,绝不是这样。当然真正的写作是快乐的,倾诉的快乐,表达的快乐,以及思考的快乐。朋友又打开两瓶啤酒,说,为了快乐,干杯。

夜很深,大街上的行人渐渐变得稀少。朋友站起来去洗手间,我见他中途拐开,然后在门口的冬青丛里解开裤子。他回来,坐下,表情认真地盯住一对边走边笑的青年男女,然后扭头,问我,我们比他们,多了什么?我说不是快乐吗?你刚才说过的。他说,不全是。我说还有什么?朋友说,痛苦。

朋友所说的痛苦,是指写作的痛苦,文学的痛苦。当然我们都反感诸如"文字就应该掷地有声,一砸一个坑""每一篇作品都应该有强烈的社会责任感"等这样的巨型语言,我们认为这只是一些人的愿望,而真正的作品,真正的作家,只能是痛苦。倾诉的痛苦,表达的痛苦,思考的痛苦,以及由痛苦所带来的惶恐、沮丧乃至绝望。最起码,对我和朋友来说,是这样。朋友冲我举举酒杯,说,为了痛苦,干

属于儿子的八个烧饼

杯。

为了痛苦，干杯。这句话的本身就充满痛苦。后来我头痛欲裂，一口酒都不想再喝，朋友却意犹未尽。他说他好久没这样喝过了，他说他一没有兴致，二没有时间，三没有钱。搞了这么多年文字，却活得越来越疲惫，越来越艰难，所以我决定，不写了。他说。我问他不写了干什么？他说干什么不可以？扛包、送奶、画画、经商，都比写作舒服。他认真地看着我，他的表情，不像在开玩笑。

真不写了？

不写了。

你敢发誓？

我发誓。

彻底放弃？

再写我是孙子。

他碰翻一个酒瓶，我怀疑他是故意的。他起身结账，被椅子绊倒。他爬起来，鼻孔里流出鲜血。他抹一把脸，冲我笑，又跑到门口花坛，吐得昏天暗地。我扶他回到酒店，将他送回房间，他很快睡着。为他关好房门，我长叹一声，为又一个作家离开文学，为又一种深邃流于肤浅。

凌晨时候，我被人推醒，睁开眼，见他的脸，近在咫尺。我问他酒醒了？他说，过来看看你。我说快回去睡觉吧！他问我，刚才咱俩喝酒，都聊什么了？我说文学，当然是文学。这是我们不喝酒的时候从来不曾聊及的话题。他问我，那我说什么了？我说，我忘记了。他说，我也忘记了，和烫着卷发的七八岁的小姑娘。男孩想象着城,迷恋着城,向往着城。然后,某一天里,男孩发现了那个山洞。

山洞并不宽敞,山洞幽暗无光。男孩举一根蜡烛进去,萤火虫般的烛光竟也映亮洞壁灰黄色的苔藓和洞底暗黄色的地衣。到处湿漉漉黏糊糊,洞的角落也许藏着不怀好意的蛤蟆或者毒蝎。寒气森森,一只蝙蝠从洞的深处飞出,没有羽毛的翅膀拍打出极其连贯的脆响。男孩笑了。他对山洞非常满意。他要在这里建造一座属于自己的城——将城建在这里,绝没有人会发现。那时,当然,他的口袋里,藏着城的图片。

男孩用青石垒出城墙,用土块铺成街道。他在街道两旁栽上代表绿树的青草,那些青草在几天以后变得枯黄。他用树皮充当雕像,用酥土捏成房屋。他用砂子铺成广场,又在广场的中间挖开一个土坑,里面灌上代表喷泉的清水。他在广场上撒满纸叠的鸽子,那些鸽子动作呆板,全是一样的模样和表情。他用瓶盖当成汽车,用枣核当成路灯,用火柴盒当成学校和电影院,用蚯蚓当成疾驰的火车。他的城初具规模,他认为自己是城的国王。

城的国王。他很满意自己的想象。

后来他想,他的城里,还得有居民。

于是他取了黏土,捏成小人。他像远古的女娲,不知疲倦,心怀博爱与虔诚。他将小人排在广场,摆上街道,请进屋子,塞进汽车。他捏了教师,捏了保安,捏了工人,捏了售货员,捏了法官,捏了司机,捏了医生,捏了护士,捏

属于儿子的八个烧饼

了邮递员,捏了清洁工,捏了警察,捏了作家、画家和科学家……小人们高度抽象和概括,却是各就各位,生机勃勃。城有了色彩,昌盛繁华,他甚至听得到汽车的马达声、学校里的朗诵声、男男女女们的交谈声和欢笑声……

男孩打量着他的城,打量着他的百姓,心情无比愉悦。

每天男孩都在充实他的城。有些依据了图片,有些则完全依据了想象。图片只是有限几张,想象却天马行空。男孩为他的汽车添上翅膀,为他的雕像穿了衣服,为他的法官配上代表公正的剑和天平,为他的百姓戴上防毒面具和足以识别一切假冒伪劣的银针。男孩让医生们面目慈祥,让警察们高大威武,让官员们一世清廉,让作家们解决了温饱,让混迹于城的农民工,离狗更远一些。

没有人知道男孩的城。村子安静祥和,鸡犬相闻。孩子们把"我们都是木头人"的游戏玩了千年,大人们仍然使用着战国时代发明的镰刀和锄头。有时男孩静静地坐在村头,看奔腾的流云,看连绵的大山,额头上,竟也有了细的皱纹。皱纹隐在过去的日子里,隐在现在的日子里,隐在将在的日子里。皱纹就像山谷,山谷是岁月的褶皱。

男孩陪他的城,正好两年。男孩建造和扩张他的城,正好两年。男孩巡视他的城,正好两年。男孩拥有他的城,正好,两年。

暴雨就像瀑布,大山为之颤抖。村子就像汪洋里的树叶,人们惊惶失措。男孩就是在那个午后跑出了村子,跑向了山谷。他是城的国王,他得保护他的城和城中百姓。

男孩终未再见他的城。半路上，他遇到山体滑坡。似乎整座山都压下来，伴随着轰隆隆的声音，男孩赤裸的胸脯感觉到山的柔软、坚硬、无情和寒冷。然后便是黑暗，无边无际的黑暗。然后便是窒息，无休无止的窒息。男孩是站着死去的，他的脸冲向城的方向，双手却举向天空。

村人寻到了男孩的尸体。出现在山谷的男孩让村人大感不解。后来他们得出结论，他们说，男孩太调皮了。男孩太调皮了，所以冒雨跑进山谷。山谷里什么也没有，山谷只是山的皱纹，落满岁月的尘土。

没有人知道那个山洞，山洞里的那座城。洞口早已被泥石流封堵，缝隙不见分毫。或者，即使真有人见到山洞，见到山洞里的城，也不会认识它。城不过是几块青石、几堆沙土、几汪清水、几棵杂草、几只纸鸽、几个泥人、竹筷扮成线杆、西红柿扮成火红的灯笼……

男孩太调皮了。似乎是这样，男孩太调皮了。

天空之城

男人发现那个秘密,兴奋得夜不能寐。秘密是一只鸟带给他的,鸟张开翅膀,仿佛一袭巨大的黑云;鸟直冲云霄,隐进一棵巨树的树冠。树冠里传来"叽叽喳喳"的幼鸟的叫声,所以起初,男人全是因为好奇。

他攀上大树,他在茂密的枝丫间发现那个雄伟的巢。巢直径可达三米,铺了金黄色的稻草和红艳艳的红豆。幼鸟们裸着身子,柔软的浅黄色的喙亲吻着他的手脚。面对突如其来的闯入者,大度的鸟们施以最高的礼仪。

晚上他睡在坚固的巢中,通体舒泰,心情舒畅。他的身上盖着温暖柔软的羽毛,他变成一只色彩斑斓的鸟儿。然后,当他重新下地,他对空中柔软的坚固的友好的温暖的巢,充满无限羡慕和眷恋。几天以后他攀上另一棵巨树,他在那棵树上也发现了一个华丽的鸟巢。巢更大更坚固,更暖更舒适,让他不忍下来。他在巢里待够足足半月,与鸟们朝夕相处，甚至学会筑巢的本领。

他选择了一棵最高最粗壮的古树，那棵树下，他没有发现鸟粪。很显然这棵树没有被鸟们占领，事实也的确如此。他用时足足半年，筑造出世界上最大的最漂亮的最舒适的巢。他躺在巢中，他认为天上的星星，伸手可摘。他在巢里翻跟头、喝茶、读书、胡思乱想……他在巢里建起卧室、卫生间、厨房、阳台……巢变成他的个人世界，除非万不得已，他身不离巢。

然他很快开始孤单。虽时时有友好的鸟们光临，但鸟们不懂人语，必定不能与他交流。孤独与烦躁与日俱增，他只得再一次返回地面。然他不是回去生活，他回去，只为替自己寻找一个伴侣。他很快发现目标，一个美丽的女孩正坐在草地上垂目思春。他飞过去，张开两臂，将女孩掳于怀中。他拍打起有力的臂膀，他飞回树中巨巢。

他学会飞翔，这令他兴奋和震惊。他飞翔的技艺日渐娴熟，他能将所有的鸟儿甩到身后。他英俊的相貌、强壮的身体和优美的飞翔令女孩心动痴迷，自女孩来到树上之巢，便再也没有下地。他们不断扩建他们的巢，他们在巢中新建了书房、健身房、客厅、院落……终将巢建成楼房模样。后来他们飞上另一棵树，筑起另一个一模一样的巢——儿子长大了，他需要一处独立的住所。

不断有人加入他们的队伍。他们从地面攀向空中，如当初的男人一样兴奋。他们争抢着可以筑巢的古树，他们甚至将古树上的土著居民——鸟们野蛮地驱赶。他们无一例外在筑巢

属于儿子的八个烧饼

后学会飞翔,现在他们也搞不清楚他们到底是一群人还是一群鸟。他们间出现医生、护士、鞋匠、作家、农民、商人、保安、科学家、导游、经济学家、工人、警察、士兵……甚至乞丐。他们在巢间修筑了道路,将所有的巢们贯连;他们在巢间建造了草原和山川,他们使这里变成一个美妙的世界。他们用上最尖端的技术,他们让巢、道路、河流和山脉可以脱离树木存在——当树木老朽或者垮倒,这里的世界依然悬浮。巢连巢,路连路,灯连灯,人声鼎沸,鸡犬相闻,河流穿越麦田,季风掠过山脉……现在,荒原上方,悬浮了一座繁华的城。

天空之城。

然城慢慢失去巢的模样。巢被无数次改造,终成为钢筋混凝土的组合。巢中不见树枝和羽毛,泥巴和红豆。巢中有灯,日夜如雪,巢中有玻璃,有塑料,有珠宝,有铁器,有铝合金或者不锈钢。巢与巢之间经常出现纷争,人人倾巢而出,喊杀震天,血流成河。天空之城被割据成很多块,以道路、山脉或者河流为界,他们说着不同的方言甚至语言,守着不同的宗教或者信仰,他们之间或假惺惺地谈判,或直接刀剑相见。天空之城不再美好,尽管,巢变成城,城变成世界,世界正在扩张。

某天,一位男人收起翅膀,从天空之城落入城下荒原。他发现一个秘密,他兴奋得夜不能寐。秘密是一只鸟带给他的,鸟没有翅膀,如同一块巨大的黑色石头;鸟步履蹒跚,钻入洞穴,洞穴里传来"叽叽喳喳"的幼鸟的叫声。所以起初,男人全是因为好奇……

社会万花筒之中国微小说系列丛书

水底之城

毫无疑问,这是世上最宏伟、最美丽的城。

城呈螺旋状,郊区是城的外围,王宫是城的中心。城的天空与土地,街路与屋顶,同样洁白。有阳光的日子,城幻出炫丽的七彩,空气也变得潮湿和温暖。每一栋建筑物、每一条街道全都无可挑剔,坚固、干净并且整洁。城中有饭馆、有教堂、有商店、有茶馆、有鞋铺、有酒吧、有邮局、有警察局……城无比繁华。城是一个独立的王国,我们的国家,只有一座城。

城的百姓,宽厚淳朴。虽不能说夜不闭户、路不拾遗,但打架和偷盗之类的事情极少。白天,有阳光的日子,很多人聚集到草坪,铺一张毯,读一本书,或者闭上眼睛,听听音乐,想想心事,任阳光抚过身体,任鸽子从旁边安静地走过。城繁华并且安静,谁也不会料到,一场灾难突然降临。

只是一场普通的足球比赛。比赛精彩激烈,双方互有进球。突然一个球员倒下,后面的球员从他的身上一跃而过。他

属于儿子的八个烧饼

的鞋钉碰到倒下球员的鼻子,他也摔倒在地,扭伤膝盖。都知是无意,可是两个人还是小声地互骂了几句。事情到这里该结束了,可是突然有别的球员冲过来,推搡着对方的球员。

球赛变成一场混战。先是场上球员,再是场边替补和教练员,然后双方的球迷大打出手,球赛终变成殴斗。直到三百名全副武装的警察前来制止,殴斗才得以平息。

混乱之中,十二名球迷踩踏而死。包括五个孩子。

第二天,失去孩子的父母们在城中最繁华的街道示威。他们与警察发生冲突。一位无辜者意外身亡。事情闹大了。

第三天,有政治家将这次事件上升为种族歧视。于是,愤怒的百姓拿起武器,冲上大街。城大乱。

城中百姓,的确有两个种族并且只有两个种族。一直以来,两个种族虽小有矛盾,却也能够平安相处。球赛就是为消灭种族之间隐藏的矛盾,王说,用比赛的方式化解争端,再合算不过。可是谁也没有料到比赛也会带来骚乱,几天过去,由骚乱至死的百姓,已经过万。

王不得不动用他的部队。八万名士兵们如临大敌,将城分隔成毫不相干的几个部分。很多士兵选择了自杀,因为他们必须将枪口对准他们的亲戚、邻居、父母、兄弟,甚至妻儿。尽管如此,骚乱还是很快得到镇压,然此时之城,却失去了一半以上的人口。

事情到这里,远远没完。骚乱刚刚得到平息,便有军队叛乱,并迅速占领王宫。原因很简单,持续几个月的骚乱中,军队长官的种族遭到了王的屠杀,长官必须为他的种族报仇。其实,他还刻意隐瞒了另外一个原因,那就是,他对王位,早已垂涎三尺。

王虽被斩首,可是他的余党还在。战斗一直持续了两年,两年时间里,又有几百万士兵和百姓失去生命。待一切终于结束,曾经美丽并且繁华的城,早已变得千疮百孔,空空荡荡。而当人们终于可以安静下来,他们突然发现,这一切,其实只因为一场球赛,一个跟头……

不管如何,城重归平静。每一个侥幸从战争中生还的人都相信,几年几十年过去,城还会变回战争前的模样:民风淳朴,鸡犬相闻……他们当然有理由这样乐观,因为现在,整座城只剩下一个种族……

可是那一天,城还是遭到了灭顶之灾——整座城突然倾斜,城中建筑,瞬间全部坍塌。

城如此脆弱,不堪一击。

然后,城见到蓝色的天空。

真正的蓝色的天空。

让城倾斜的,是一只大手。大手抓起城,将城从水井里捞出。尚未死去的城中百姓,同时听到一个震耳欲聋的声音。

那声音,只是男孩的呼吸。

男孩手里的城,不过是一个精致的贝壳。将贝壳迎向阳光,便会变幻出炫丽的七彩。两年前男孩将贝壳藏进水井,试图让贝壳变得更加鲜艳美丽,可是此时,他在贝壳里面,看到一摊污物。污物中似乎藏了极微小的尸体,恶臭阵阵,令男孩恶心。

男孩把贝壳带回家,用刷子细细刷洗。于是,城的残垣断壁和城中尚未死去的居民,霎时消失。

属于儿子的八个烧饼

母亲上了火车，倚窗而坐。她将头朝向窗外，一言不发。车厢里闷热异常，然母亲似乎毫无察觉。她要去一个遥远的城市，她需要在火车上，坐上一天一夜。

乘务员的午餐车推过来了。母亲扭头看了一眼，又将脸转向窗外。

母亲保持这样的姿势，直到晚餐车再一次推过来。这一次，母亲终于说话。她问卖晚餐的乘务员，盒饭多少钱一份？

十块！

最便宜的呢？

都一样，十块！

哦。母亲欠欠身子，表示抱歉。她将脸再一次扭向窗外。黄昏里，一轮苍老的夕阳，急匆匆落下山去。

母亲已经很老。她似乎由皱纹堆积而成。新的皱纹无处堆积，便堆积到老的皱纹之上，皱纹与皱纹之间，母亲的五官挣扎而出。那是凄苦的五官，凄凉的五官，凄痛的五官。母亲的表情，让人伤心。

母亲身边坐着一位男人。男人问她，您不饿吗？

哦。母亲说，不饿。

可是男人知道她饿。男人听到她的肚子发出咕咕的声音。男人想为母亲买上一个盒饭，可是他怕母亲难堪。

即使不饿，您也可以吃一个烧饼的。男人说，中学时候，我们把烧饼当成零食……您烙的吧？

男人指指桌子，桌子上，放了一个装着八个烧饼的塑料袋。烧饼们烙得金黄，摞得整整齐齐。似乎，隔着塑料袋，男人也能够闻到烧饼的香味。

哦，我烙的。母亲看一眼烧饼，表情起伏难定。捎给我儿子。

他喜欢吃烧饼？

喜欢。母亲说，明天七月七，你知道，七月七，该吃烧饼的。

他一下子能吃八个？

能呢。他饭量很大。他在家吃的最后一顿饭，就是我烙的烧饼。他一口气吃掉八个。这孩子！怎么吃起来没个够？

母亲的目光，突然变得柔软，似乎儿子就坐在她的面前，狼吞虎咽。

他在城里？

哦。

因为明天是七月七，所以您给他送烧饼？

哦。

属于儿子的八个烧饼

您坐一天一夜的火车,只为给他送八个烧饼?男人笑了,我猜您是想进城看他吧?烧饼只是借口……

哦,咳咳。母亲说。

他该结婚了吧?男人看一眼母亲的脸,说,他在城里干什么?当官?我有个儿子,也在城里当官。他也很忙,几乎从不回家。有时我想他了,就找个理由去看他。比如,烧饼。不过他饭量很小,别说八个烧饼,一个他也吃不完。男人耸耸肩,笑着说。

母亲看着烧饼,不出声。

反正烧饼只是借口,男人说,您为什么不吃上一个呢?

不可以。这是儿子的八个烧饼。

但是现在,这还是您的烧饼……

不。这是儿子的八个烧饼……

男人无奈地摇摇头,不说话了。火车距终点站,还得行进十二个小时,他知道,这位母亲,必将固执地守着她的八个烧饼,一直饿到终点。

……

母亲下了火车,转乘公共汽车。汽车上,母亲仍然守着他的八个烧饼。汽车一路向西,将母亲送到一个距离城市很远的地方。母亲下了汽车,步行半个小时,终见到他的儿子。她将八个烧饼一一排出,四十多岁的儿子,便捂了脸,然后,泣不成声。

儿子身着囚服。身着囚服的儿子,要在这里熬过整整二十年。整整二十年里,每逢七月初七,他的一点一点走向苍老的母亲,都会为他送来八个金灿灿的烧饼。

良知和责任(创作谈)

很多朋友问我,为什么要写小小说?我通常的回答是,因为快乐,也因为痛苦。

因为快乐,所以要写;因为痛苦,所以要写。对小小说来说,快乐和痛苦永远是一对孪生兄弟——有快乐必有痛苦,有痛苦必有快乐,或者说,快乐是痛苦的必然,痛苦也是快乐的必然。

我的回答当然没错。但很多时,我其实刻意回避了一个答案,那就是,良知和责任。

我回避,是因为我不想将这个话题延伸,更因为我不想跟某些人探讨——当一个人特别是一个作家说到"良知和责任"的时候,大多会引来一些人的不快、不屑甚至不齿。这个年代,人人都在谈论股票、楼盘、享乐、娱乐、自我价值……却似乎没有人再相信"良知和责任",特别是一个作家对于他的作品和读者的"良知和责任"。

属于儿子的八个烧饼

但是,我相信。就像我相信草终会发芽,鸟终会飞翔,就像我相信苦难终会过去,生命终会湮灭,就像我相信善总是长久的恶总是短暂的,就像我相信小小说还会走下去并且会永远走下去……

这么多年,我一直认为,一个没有良知和责任的作家,无论其作品的主题多么深邃,作品的结构多么新颖,作品的故事多么奇妙,作品的语言多么老到,充其量,他仍然是一个工匠。因为他远离了作家的本质,或者说,他愧对了作家这个称号——当然,毫无疑问,他也愧对,甚至欺骗了他的读者。

小小说这一文体走过这么多年,我想现在,是应该回过头来审视它的时候了。这种审视,不仅仅是对作品的审视,还有对小小说这一文体以及对小小说作家的良知以及责任的审视。即,小小说到底给读者带来了什么?仅仅是娱乐?仅仅是几篇大家能够耳熟能详的作品?小小说作家到底给小小说带来了什么?仅仅是一个队伍的发展壮大?仅仅是几个大家记得住的名字?我认为都不是。小小说应该有其自己的良知与责任——它是向上的、包容的、真实的、正义的、博大的、深邃的……它从心灵出发,并且最终回归心灵;它爱每一个读者,并且最终让读者来爱它。现实生活可以背叛和左右我们,但小小说不会。假如每一位小小说作家都敢拍着胸脯说他写下的每一个字都是有良知的,那么,首先他没有背叛小小说,其次他没有背叛自己。

我爱我的读者。他们是我的朋友,亦是我的恩师。因为有他们在，我将永远不会放弃真诚、善良、责任、良知和希望，我非常诚挚地感谢他们。

之于生命，我一求生存，二求生活，三求责任；之于小小说，我一为责任，二为生活，三为生存。

我认为，我可以做到。